U0474437

王 小 锡 散 文 随 笔 集

德与美

王小锡 / 著

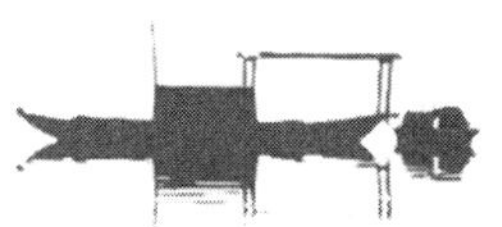

上海三联书店

前　言

我年轻时公务、业务、家务之“三务”在身，整天忙得不亦乐乎，中年过后，科研和教学任务越发繁重，故几乎一辈子没有轻松过，亦没有闲暇时间“客串”写一些散文或随笔文章。近年来，在紧张的业务活动间隙，我学会乘隙写点散文随笔文章来调节一下身心。实践表明，这不失为一种一举多得的“摇笔杆子”人的休息样态，即，换个思维方法和写作路径，让脑袋轻松一下。

十八世纪德国著名浪漫派诗人诺瓦利斯说，哲学是怀着一种乡愁的冲动到处去寻找精神家园。这一想法很有意味，实际也很是那么回事。如果说寻求真理即是寻找精神家园，那么，作为一生主要从事哲学伦理学教学和研究工作的我应该有“阳春白雪”的乡愁意识，而且，事实上，我一直在寻求“人”、“人类”存在的价值旨归及安身立命之道德依据，故学术随笔大多是围绕道德问题而展开的；同时，我离开家乡已经整40个年头，“下里巴人”的乡愁情感也越发浓郁，故散文随笔大多与家乡的人、事、景等有关，也总是在努力展示家乡的美景、美事与美文等。

应该说，我的展示人美、文美、景美之短文，总想探寻美之道德意蕴；我的关于道德的学术随笔，力图凸显伦理之美。

为此，本书定名为《德与美》，似乎切而当。

美之道德乃世上难得之德，道德之美乃人间最美之美，美之德或德之美乃人生必备之生活要素，需要好好培育；乡愁如诗，乡情若金，需要好好品味，愿《德与美》能给读者带来愉悦和启迪。

我妻子郭建新（南京审计大学教授）审读了全书初稿，并提出了许多建设性的修改意见，本书问世有她的功劳。姜晶花副教授、范渊凯博士和在读博士郭方天、白雪菲、尹明涛、吴隽、刘昂等为本书出版做了许多辅助工作，在此特致谢意。

感谢家乡摄影家沈佳宾和我妻子郭建新提供了与书中内容相关的摄影佳作。

书中文章有的是已见报的个人专栏约稿文章，有的是应邀所作书评或序，有的是信手提笔小作，其中肯定会有错漏或不尽如人意之处，恳请读者批评指正。

王小锡

于南京秦淮河畔

2017 年 1 月 10 日

目　录

目　录

上篇

参加天目湖山水园《溧阳赋》(王小锡撰)石刻落成典礼的领导和嘉宾合影

茶山的清晨(沈佳宾摄)

鲸鱼闹海——莨山(郭建新摄)

群山呼唤(郭建新摄)

桥韵(郭建新摄)

美丽之源(沈佳宾摄)

天目湖(郭建新摄)

南山竹海(沈佳宾摄)

天目湖彩虹桥(郭建新摄)

南山云海(沈佳宾摄)

南山茶园(沈佳宾摄)

天目小景(郭建新摄)

天目湖湿地(沈佳宾摄)

天目湖早晨(郭建新摄)

人间“梯镜”(郭建新摄)

一张贺卡

1996年我被破格晋升为教授后的第一个春节前夕，收到一位校友的贺卡，贺词写道:“从穷孩到教授不亚于从奴隶到将军。”使我至今难以忘怀的除了这句赞美之词外，更在于它不时地勾起我对我的人生历程中酸甜苦辣的回忆。

我生于20世纪50年代初，自从我记事起，我就知道我家很穷，家中6口人，住的是20多平米的茅草屋，且经常是外面下大雨，屋里下小雨，外面不下雨，屋里还漏雨。茅屋里，开放的羊圈离床只有一米左右，我每天早上起床的第一件事是打扫床前的羊粪。小时候，每年大年初一才能穿上一件新衣，且衣服一定是大而不合身，这是因为不至于随着年龄和个子的增长而衣服太小穿不上身，故我小时候一年四季基本是在穿补丁衣服。由于家中没有强劳动力，所以，我家每年“超支”而只得靠生产队的“预借粮”度日，平时基本吃不上白米饭。尽管家里很穷，但父母坚持让我读书，尽管他们是以粗茶淡饭过日子，但在我读中学时确保了我能每天吃上白米饭。当然，我没有辜负家人的希望，在“穷读书”中，年年成绩优良直至高中毕业。

人生艰苦的内涵随着人生历程不同而不同，小时候主要是穷之艰苦，工作后主要是劳动之艰苦、成就事业之艰苦。如果说我高中毕业后参加溧阳县城西公社工作已经让我深感融入复杂社会的艰辛的话，那接下来读大学后的繁重的教学、研究等工作压力以及学界不时出现的“畸形态”，更让人苦涩无奈。当然，有时苦中可作乐，苦尽甜来，苦未必不是好事。

我20世纪80年代初留南京师范学院（现南京师范大学）工作后，时代对大学教师的要求越来越高，要做一位合格的大学教师，从业务角度看，既要搞好教学，又要坚持研究，这样一来，我总觉得要读的文献太多太多，要研究的问题也不少，时间不够用。怎么办？那就只有一个办法，挤时间。时间如何挤出来呢？当时作为年轻教师的我是整天忙于事务加家务，除了忙还是忙，挤不出更多的学习和研究时间。事实上，只有寒暑假、节假日和每天晚上九十点钟以后是我基本上可以自由支配的时间，即可以用于学习和研究的时间。换句话说，所谓的挤时间，也只有放弃休息或休闲时间、减少睡眠时间来增加学习和研究的时间。因此，为了学习和学术，年轻时我经常一天一夜、或一天两夜、或两天一夜、或两天两夜等不睡觉，每年寒暑假从来不出家门，平时基本不娱乐，以致像朋友所戏说我是“（打牌）三缺一顶不上的一个呆子”，所以挤时间成了我的习惯。为此，我也经常跟弟子们说，要想取得学术成就，只有用睡眠、假期和娱乐换时间，每天坚持晚上 12 点甚至后半夜 1 点以后睡觉，只要有机会就挤出可以利用的时间，坚持五至十年甚至更长，学术必有成就。

睡眠、假期和娱乐等换来了时间并不是就换来了知识和学术成果，还要舍得“费劲”。晚上不睡觉，肯定要瞌睡，怎么办？诸如一边看书或写作，一边吃辣椒、抓头发、钢针发梳敲扎大腿、冬天冷水洗脸、夏天坐在开好的冰箱门边作业（80 年代家中没有空调）等，能想到的办法我都用过；遇到假期要经得起诱惑，任凭山水风光秀美、特色餐饮味好，我自独坐家中阅读、思考、爬格子；平时出差其实很累，但是，书是要带的，见缝插针读一点是一点。反正睡眠、假期和娱乐等换来的时间要用尽用好，同时，精力要投足，否则，对自己是极大的“不敬”。

对于事业，我的一个基本理念是，想干事就得争取干好，努力了也就心安理得了。当然，干好事业的程式应该是：一切可利用时间＋充足的精力＋技巧（时间＋精力）。这对于自己的生活乃至生存来说似乎有些残酷，但是，凡是人生成就，哪一个不是艰苦奋斗而取得的呢。其实，我从没有感觉到我的一生有什么值得炫耀的成就，但是，长期养成的以至于今天还坚持的有时间就或看书、或调研、或写作等让所有时间都派上用场的似乎苦行僧式的学习和研究习惯是我值得骄傲的一种生活“模式”。

其实，要想成就事业，艰难程度还不止于苦行僧式的学习和研究习惯。社会是复杂的，不是你花了时间、投入了精力就能把事情做好，有时会有各种似乎说不清道不明的人为因素在干扰。就学界来说，嫉妒、算计、暗箭、无端打压、恶意攻击等一些知识分子的劣根性行为时有发生，这时，作为学者要有定力，要不为无端干扰而动。曾几何时，我为遭妒忌、被算计、中暗箭而苦恼，后来想想也能理解，中国有句俗话“树大招风”嘛，尤其是一些“小人”总是看不惯你可能或已经“活得”比他好，总是会极尽所能、不择手段地贬低、打压，甚至恶意中伤等等。但嫉妒、算计、暗箭等是“阴风”，我不相信阴风能总是占上风，按我的个性，你越是不服气，我越是要努力争取“活得”更好。坚持数年，我认为我应该没有“被堕落”，反而让善于刮阴风的人躲在阴暗的角落里“吸凉气”、“受闷气”，至少我还是讲师时就获得了南京师范大学优秀教学一等奖、江苏省优秀教育工作者荣誉称号，近年又获得南京师范大学“奕熙精英教师”荣誉称号；至少我晋升副教授和教授均为破格，后又被评为文科二级教授；至少我提出了许多原创性学术观点并得到了学术界的较为广泛的关注；至少我已经自信地且底气十足地在国际学术交流平台上发声，并且学术著作被翻译成英文、韩文、日文、塞尔维亚文在海外出版；至少我被多家著名高校和研究院所聘为兼职教授或研究员，等等。至于我被一些著名媒体冠以“伦理学家”、“经济伦理学家”、“杰出社会科学家”，更让刮阴风者“眼球刺痛”、“胸闷憋气”。这也从一个侧面说明，对“邪气”干扰不屑一顾，走好自己的人生道路，就是对邪恶的打击，也是自己人生境界的升华和对实现人生目标的坚持。

想成就事业的人，往往还会有特殊的困难和痛楚。在平时的生活中，我的一个口头语是，“天底下最头痛的事是头痛”。因此，对于我来说，在重视挤时间学习、研究和应对干扰之外，还要在奋进中应付经常性的头痛。我的头发为什么越来越稀少，其中一个重要原因可能是经常在伏案看书、写作时，一只手抓头发，一只手摇笔杆子。现在有了电脑，也经常一只手抓头发，一只手打键盘。要是有一只手打键盘比赛，估计我即使不得奖其名次也不会靠后，呵呵，人生往往有许多意想不到的“副产品”。

我经常说，大学教师是世界上最艰难的职业之一，因为，从事高等教育与教学，教师必须始终站在学科和学术的最高平台上，故教师职业要求高、压力大，而且这种压力会一直伴随着有责任、有良心的教师，直到退休。事实上，只有不断学习、不断创新才能始终站在学科和学术前沿，才能胜任大学教师职务。因此大学教师就意味着活到老、学到老、研究到老，而作为教授，感到要求更高，压力更大，责任更加重大。

当大学教授辛苦，但苦中有乐。大学教授是奋斗和智慧的象征，当好教授值得自豪。

尽到努力　顺其自然

水往低处流，人往高处走，前者是自然规律，后者是人生定理。前者是为了强调后者。

人往高处走，这不仅是人的生存条件的需要，而且也是为了崇高人生价值追求的需要，更是社会发展进步的需要。

然而，理想与现实往往不能一致，心想的不一定能实现，即人往高处走不一定能一直走上去，也不一定能走得上去。但是，只要尽到努力，无怨无悔，至于结果，顺其自然为好。有些追求的目标似乎应该获得，但是，由于主客观条件的限制，再加上社会是复杂有机体，不是人为造成的该有不一定有的情况时有发生，需要认账，否则，可能会影响自己已经有的物质和精神享受。其实，努力了，心里坦然了，情绪淡然了，顺其自然了，这本身就是一种获得和发展，是往高处又进了一步。所以，“高处”不仅意味着生活质量的高、地位影响的高等，更在于认识境界的提高。

人生，努力了，该有的总归有，不该有的总有原因，想也无用。总想着不该有的，或总牵挂着该得到而最后或因人为、或不是人为而没有得到的，是自己折磨自己，而且会丧失本来属于自己的人生难得的宁静。事实上，任何人的人生愿望都是多方面的，甚至是完美无缺的，这是应该的，人就应该树立崇高理想。但是，可以说，各种复杂的主客观原因导致人生愿望不能百分之百地实现是常态，有的人生成就（获得）多一些，有的人生成就（获得）少一些，且各自会凸显出不同的人生轨迹和不同特色的人生成就，因此，人应该在尽到努力的情况下，满足于现实，满足于自己独特的人生成就。即使有不公平、不顺畅，也应该理性对待，泰然处之。计较或纠结于所谓的名和利、得和失，人难以舒坦，也难以进步。事实上，人们往往在计较和纠结中获得想获得的东西的同时，实际上已经丧失了自己的心平、气和及向上和向善的“理性精神”，在一定意义上是一种退步。

“尽到努力，顺其自然”是一种理智的人生理念。事实说明，这是让人不纠结、不郁闷、心情舒畅过日子的读懂社会的人生哲理。其实，人生目标应该远大，努力应该坚持，但是，由于社会的复杂性及其事物发展的偶然性，对结果的期望值应该降低，这有利于人生幸福指数的提升。当然，人生降低期望值，绝对不能因此降低人生目标，一旦人生的远大目标实现，结果比期望值高，那不是“顺其自然”中的最好“自然”吗？

当然，尽到努力是劳动意义上的，而不是“拉关系”意义上的；顺其自然是遵循客观规律、泰然释然意义上的，而不是非理性的逆来顺受意义上的。其实，尽到努力，顺其自然，就是人生定律，其本身就是人之安身立命之重要依据和应有的重要生存哲理。

漫谈人生境界

茫茫宇宙中，人虽渺小又渺小，但人又很伟大，因为人的思维能够超越宇宙，把握世界，并改造世界；同时，在无始无终的时间的长河中，人生虽短暂又短暂，但人的精神和创造永恒、不朽。所以，人要活得像人，成其为人，应该追求伟大，追求永存，追求不朽，这才能成为境界高尚的本真意义上的人。

人的名利观最能体现人生境界。人生在世，“名利”谁都关注。“名利”，是一个正常的人生哲学理念。谁不在乎自己的利益、追求自己的好名声？但是，假如为了自己的名利而不惜牺牲他人的利益，甚至是不择手段，这样争来的名利，必然会为人诟病，遭人唾弃。为了名利，明争暗斗，结果两败俱伤，无甚裨益。那些热衷于无谓争斗的人，肯定当不了该当的好官；热衷于无谓争斗的人，肯定赚不了该赚的大钱；热衷于无谓争斗的人，肯定做不了该做的真学问。追求名利应该靠自己实实在在的努力奋斗，靠自己的智慧和技能。当然，不管怎样，心态应该好，求名趋利应该做到：境界高尚，尽到努力不后悔；心平气和，顺其自然不伤神。

求名趋利与付出和奉献是一致的，与讲道德是一致的。古人云："天无私覆也，地无私载也，日夜无私烛也，四时无私行也。行其德而万物遂长焉。"(《吕氏春秋》)这里的"无私"并不是反对一切个人私利，而是不主张因私利而缺德，故强调"行其德"，所以，这里的"无私"就是指无"小人"之"私"，这就意味着"无私"就是主张"不过"而适度，就是主张讲德性。事实上，理性意义上的求名趋利，不会也不应该不择手段，它应该是体现良好德性的行为。

如何为人乃人生境界的风向标。人生在

世，厚道得人缘，真诚聚人气。人生注定是要和人打交道的，而人与人之间的理性关系是理想人生的重要资源，忽视了这一点，人生往往是被动的。要积聚这样的人缘和人气，人要厚道，要真诚。说实话，人不厚道，本领再大也往往得不到认可，不能取得应该取得的成果；人不真诚，就算聪明过人，也不会有真正的朋友，这样的人生终归是可怜或失败的人生。

人生境界高低不在事大事小之分。事大事小不是人生境界的分水岭，人生境界体现在对立身处世之应该的认识和践行程度。如在没有人监督的情况下，能做到不随地吐痰，那就是品德高尚之举。为此，“勿以善小而不为，勿以恶小而为之”，“慎独”乃做人的最高道德境界。

劝君三十而不惑

孔子说，人生四十而不惑。这对于年龄还没有到四十的人来说，体会往往达不到这种境界。我在40岁之前，从来没有感到我是个中年人，就在我人生第四十个春秋到来之时，我才真切体会到我已是中年人，才有较为自觉的自我成熟感。记得我四十岁那年，我由衷地感悟到孔子的非凡睿智，人生四十而不惑对于我来说已经是切切实实的体验。我深感，年过四十，看问题相较以往看得全、看得开、看得准了，甚至看得穿了。顺意时绝不会得意忘形，逆境时也不会自暴自弃；厚道之人与道貌岸然的正人君子不会在眼皮底下被颠倒；名利与屈辱均会被淡然处之。同时，年过四十，做事相较以往做得实、做得周到，甚至做得精巧了。不管事情多么复杂，条件多么不好，但是办事的成功率比较高了。

作为人生历程之一般意义来说，四十而不惑，这是人生阶段的标志，是人生之规律。我想，对于孔子这一命题来说，其理解的深刻意义不只在于提示人们年过四十想事办事应该周到，更在于它应该蕴含着这样一个道理，即，要想取得比常理或常规更辉煌的人生成就，那就应该努力争取实现三十而不惑。其实，这样的人在社会生活中不在少数。

“而立”之年同时实现“不惑”，这应该是人生了不起的自觉。人生三十达到不惑，意味着人生不仅提前十年达到较为“完满”境界，而且实际上延长了十年的更成熟生存状态，且这十年恰恰也是人生的“黄金时段”，这样一来，不管是从政、经商还是做学问等，只要充分利用这十年，必将会赢得更高、更快、更多、更大的成就。

为此，不要设想时光倒流，而应抢在时间前

面。那么，如何实现人生三十而不惑？即三十岁之前如何奋斗？我想，只要不奸、不懒、不糊涂，善待自我、他人和社会；坚持好学、勤练、多思、实干，不断进取，定能主宰自己的人生，实现三十而不惑的“主动人生”。事实上，在进取的道路上，人生只有年年、月月、天天、时时想着学点什么、做点什么，才可能不停步地朝着自己的人生目标前进。

中国有句俗话，即“大器晚成”。这并不是说，老来自然成大器，或一定等到老来才能成大器，而是有其深刻的人生哲学道理。“大器晚成”蕴涵着人生只有抓早行动，惜时如金，不断进取，日积月累，最后将终成大器，且只要坚持不懈，越是往后，人生成就必将越大。欲坐等成大器，那只是在做“空中楼阁”之梦。

谈人比人

“人比人气死人”，这是经常听到的口头语。然而，抬头望远一点，思路开阔一点，看问题“入木”一点，人比人就不至于生气。

人生在世，人应该跟人比。人往往最不能认识自己，但复杂的近似于“残酷”的竞争社会又要求人不能不认识自己，而且应时刻把握住自己，否则，自己误了自己，甚至自己“卖”了自己或害了自己，自己也不知道。所以，人的一生实际上也是不断认识自己的一生。然而，认识自己的一个重要方法莫过于与人相比，因为，与人相比能比出自己的不足，促使自己引起警觉；能比出他人的长处，促使自己取长补短；能比出自己的信心和决心，促使自己奋起、努力，展示自己的才能和业绩；能比出团结互助的氛围，促使人际间互相帮助，共同进步；能比出理性竞争态势，促使人际间在事业上相互追逐，共同促进社会的进步。

换一个角度，人生在世，人又不应该跟别人比。其一，人的能力有大小，尽到努力，心安理得，不必去追求自己能力不能及的东西，更不必为没得到他人已得的东西而苦恼。因为，主客观条件限制，得不到就是得不到，自寻烦恼，这是自己破坏了可以或已经获得的平静的生活。其二，人的生存条件和生活背景不都一样，他人拥有的自己不一定有，应该承认现实，也没有必要妒忌他人所得。当然，自己可以创造生存条件、改变生活习惯来实现人生目的，但这不是件想做就能做到的事，还得实事求是，尽到努力，顺其自然吧。其三，人生的机遇不一样。尽管说，机遇对于每个人来说是平等的，但机遇在什么时候、什么情况下出现，每个人对机遇出现时的空间和时间距离不一样。因此，机遇不像太阳光,每个人都能被照到。某个机遇只能在某个时间、某个地方被某个人、某些人或某群体所抓住,机遇与个别人擦肩而过的情况不在少数。为此,遇不到机遇没有必要怨天怨地。当然,不能忽视的是,机遇只光顾有充分准备的人。其四,人生的名利、地位犹如社会各类"金字塔"式的"模块",而不管哪类"金字塔",高名声者少,或高地位者少,世上没有哪个社会生活领域存在全都高名声、高地位状况,如果这样,高就不成其为高了。这就是说,人们总是在分别往社会各类塔尖上爬,但越往高,人数越少,有的人虽爬不到所谓理想的高度,只要是尽到努力,仍然是社会的某个"金字塔"上的可贵之"物",因为,塔尖是由一层层塔基托住或垒起的,没有塔基就没有塔尖。而且,名声来自社会各阶层的认可和赞誉;地位来自社会的接纳,等等。为此,不在"塔尖"之人们,大可不必自己瞧不起自己,有你才有塔尖,你也可以或已经是出彩之人。其实,人生尽到应该尽到的努力,这就意味着是成功的人生,而这样的成功人生没有高低贵贱之分。

为此，为了好做人、做好人，我们应该与人比，又不应该与人比，而“应该”与“不应该”的依据是生活中的客观之“应该”，我们需要好好研究与品味。

新闻人物

我从没有想到过我会在什么时候、在什么地方、以什么形式成为新闻人物，因为，作为出身农民家庭的普通知识分子的我从没有这个奢望。然而，因我即将作为中共中央宣传部指导，光明日报社、中国人民大学、中国伦理学会主办，光明网承办的“核心价值观百场讲坛”第34场主讲嘉宾而登上了2015年11月5日的《光明日报》“新闻人物”栏目。这是莫大的荣耀。

在“新闻人物”栏目题为“王小锡的道德经”文章中，言简意赅地叙述了我的成长背景、轨迹和事业特色，凸显了我的道德理论研究的独特主张。看上去这是对我的学术生涯的总结和介绍，其实是《光明日报》及其记者对我的鼓励和鞭策，增强了我继续深入学术研究的动力和信心。

说实话，已年过“花甲”的我，原本有一种在学术道路上“打道回府”的意念，的确是《光明日报》“新闻人物”栏目文章促动了我的“学术神经”，让我产生一种“更进一步”、“更上一层楼”的学术信念，继续做好、唱好、念好我的“道德经”。

我的“道德经”始终坚持“顶天立地”的原则，这就需要花更大的气力、更多的精力去深化道德哲学尤其是道德资本理论体系和道德实践操作模式的研究，进而为经济社会的发展贡献自己微薄的力量。看来我还得继续花时间和精力在我一辈子没变的学术方向上艰难前行，继续在痛苦并快乐着的学术平台上深究理论和实践问题，进一步展示我的学术特色。我有信心，我也相信我自己会更加努力。

附：

“王小锡的道德经”

光明日报高级记者　郑晋鸣

2015年11月5日《光明日报》

深秋的午后，法国梧桐叶纷纷飘落，南京师范大学校园内仿佛铺上了一层金沙。南师大公共管理学院教授王小锡的办公室就在这里。作为中央马克思主义理论研究和建设工程重大项目首席专家、江苏省高校哲学社会科学重点研究基地南京师范大学马克思主义研究院院长、中国伦理学会副会长，王小锡与“道德”二字有着不解之缘。

1951年，王小锡出生于江苏溧阳。“小时候家中贫困，6口人挤在仅有20平方米的茅草屋里，我只能长期借宿在隔壁马姓人家。”王小锡说，马姓人家的善良真诚、关爱同情，点亮了他心中最早的道德烛光，让他变得豁达、感恩，对道德之于生命的意义也有了深刻的理解。

1980年初，王小锡从南京师范大学毕业后留校任教。1982年至1983年，他被派往中国人民大学哲学系高校教师进修班进修伦理学专业。“这是我人生的转折点。当时我国正处在经济体制转轨时期，面对经济发展的现实，返校后，我开始不断反思道德与经济的关系，并将目光投射到经济伦理学领域。”王小锡说。

从出版我国第一本研究经济伦理学体系的学术著作《中国经济伦理学》到在德国出版江苏省首批外译著作《道德资本研究》，王小锡在学术道路上已砥砺前行30余载。南京师范大学公共管理学院哲学系主任曹孟勤教授说：“如果说鲁迅把别人喝咖啡的工夫用在工作上，王小锡就是把别人休息的时间用在了学术研究上。”凭着这份执着，王小锡先后编著《伦理学》《经济伦理学》《道德资本与经济伦理》（自选集）等著作20多部，在《光明日报》《中国社会科学》等报刊上发表学术论文120多篇。

在王小锡看来，为学和为人是一体的，成才和成人是统一的。“以德待人的人生一定是顺畅的、不败的人生。王老师经常在课堂上和我们讨论为人处世的道理，教我们以德立世的行为准则。”南京师范大学博士后陶涛告诉记者。记者了解到，在学界，有人曾对“道德资本”这一概念提出质疑，但王小锡总以谦逊、恭谨、自信的态度与之讨论。在日常生活中，王小锡用乐观豁达的精神面貌笑对人生，用他自己的话来说就是“尽到努力，顺其自然，修炼德性，善待人生”。

聊起即将在江苏淮安举行的核心价值观百场讲坛活动，王小锡精神奕奕地告诉记者：“我此次讲课的内容与‘道德’有关，希望通过对道德力与社会进步关系的阐释，能在培育和践行社会主义核心价值观、全面提高公民的道德素养、构建和谐的社会风尚等方面对听众有所启迪。”

我的母亲

我的母亲是位善人，豁达、善良、勤劳、宽厚、友善是我母亲极好口碑的写照。

20 世纪 80 年代初，母亲离开人世时我在江西南昌参加通俗读物《伦理学问答》的编写会议，因为通讯不畅，家人一时联系不上我，会议结束回到南京才得知母亲去世的噩耗，我伤心之极，嚎啕大哭了一场。没有能最后送母亲一程，我心里很难过。不过，当我慢慢恢复了内心的平静后，我又有一种释怀的感觉。因为，母亲在我的心目中形象很高大，也很美丽，母亲离世的样子我没有看到，因此，我心中存有的始终是她在世时的音容笑貌，她在我脑海中始终定格在靓丽、阳光、厚道的形象中，故关键时刻不在母亲身边，尽管不孝，但始终感觉母亲“没走”，这应该是“上天”好意的安排吧。

母亲从小家境十分贫寒，她6岁时随外婆逃荒乞讨至江苏溧阳定居。我想象得出，刻骨铭心的苦难生活会在母亲幼小的心灵中留下多么磨灭不了的伤痛。但是，自我懂事起，母亲经常跟儿孙们说到她小时候乞讨到溧阳的人生故事，而从不讲乞讨过程的艰难和辛酸。但沿途乞讨中的一个情节她总是要讲的，这就是，在乞讨中有一次遇到一个老板娘，她看到6岁的小姑娘特别可爱，就大方地施舍了一些吃的和用的。每每讲到此，对于母亲来说都是一种“幸福”的回忆。大概从小经历了艰难困苦的生活，母亲对于后来的生活困难甚至挫折都是从容、平静地对待。记得我在读初小的一个开学时光，因为家中没有钱交学费，母亲带着我挨家挨户走遍大半个村想借2元钱，结果因为当时大家都穷，要么舍不得借，要么自己也没有钱可借出，我和母亲只好一前一后地默默地“空手”回家。走在后面的我含泪不语，母亲当时尽管也是眼泪汪汪，但她却说，不要紧，刚开学，开心点，先上学，我再跑几家借借看。因为我母亲知道，凭她的好人缘，一定会有人帮助的。结果钱借到了，又马上还了，因为我在老师的帮助下减免了学费。

母亲一辈子待外人像亲人，只要有机会她一定会乐意付出。20 世纪 60 年代前后，尽管家境贫寒，但平时只要有乞讨者上门，母亲一定不会让他们失望，甚至明明自己在喝粥，却一定会把冷饭团或红薯块等送到乞讨者碗里。母亲经常对我说，在我四五岁时，为养家糊口，她只身到上海做家庭保姆，因为“东家”所在弄堂里只有一口共用的水井，平时早上要排队洗衣、洗菜，年龄达半百、在保姆中最年长的母亲一边排队，一边就帮前面的人洗这洗那，一来帮了人家忙，二来也加快了速度，以至于后来年轻保姆们总是让我母亲先行洗涤。年届“古稀”时，只要村上有人家有事需要帮忙，还总是少不了母亲忙忙碌碌的身影。

母亲年龄小父亲 10 岁，而父亲比较早地丧失了劳动能力，是母亲扛起了一家数口人的生计，承担了家内家外的劳动，她不但任劳任怨，而且任何时候任何情况下都不会与家人发生口角。记得母亲60岁左右还经常挑重担奔忙，日夜不停地操持家务。其实我母亲尽管不是“三寸金莲”，但年幼时也是被裹过一阵子小脚的，因此，行动并不方便，她是在以顽强的毅力支撑着我们这个家。我是母亲中年得子，尽管我和大我三岁的小哥锡保从小就想为母亲承担一些家务，但母亲为了我们读书，再苦再累也心甘。为此，当我年幼时不想读书跑回家后，母亲把我一顿痛打，打进了学校。这也是我一生唯一一次挨母亲打的“经历”。要不是母亲自己为支撑家庭和培养孩子而甘愿吃苦，要不是被母亲一顿痛打，我这辈子可能就是个文盲。

母亲对儿孙后辈从来是言传身教，总是把后代当作朋友来看，以至于儿孙们都十分尊敬母亲。侄女王瑾记忆犹新的一件事是，在她九岁时的一天，帮母亲即她奶奶去池塘边淘米，结果米仅被翻弄几下，一不小心筲箕在手中翻身滑落水中，米也随即全部散落，在侄女正可惜心疼、惊慌失措地准备轻则挨骂为“讨债鬼”、重则遭“钉弓”（手指弯曲叩头）时，母亲却和颜悦色地说，不要紧，回去再拿米来淘。20 世纪 80 年代初，一顿做白饭的米够一家人喝一天的粥，母亲不可能不心疼，但面对小孩犯错，坚持宽宏慈爱，这不失为一种上乘的教育孩子的方法。其实，母亲的一举一动不仅教育了家人，而且赢得了尊重。妻子郭建新难以忘怀的是，我儿子 1982 年出生后，已经 70 多岁的母亲坚持要帮我们带小孩，结果因身体支撑不住被我们动员回老家休养，谁知，她在家又养起了鸡，为的是让居住在南京城里的我和家人能吃上她自己养的鸡，这是令我们一辈子铭记心中的母亲的真爱。还记得，母亲病重时，经常围在母亲床边服侍的是玉琴等一些孙辈的孩子们，看得出他们的真心真诚，这是很难得的尊重和孝敬之心，由此可以看出母亲的宽厚、善良也在儿孙那里得到了回报。

母亲虽 6 岁离开家乡，但一辈子思念家乡、向往家乡。不过，家乡在哪里，母亲始终是既清楚又模糊，只是经常唠叨，“我的老家在苏北桃园宿迁”。由于早年交通和通讯不便，作为子女的我们谁也没有想到带母亲去老家寻根。而后因工作原因，我有机会经常去苏北，这才弄清楚母亲老家在现在的宿迁市泗洪县有个叫桃园的地方，可惜，母亲已经不在人世了，遗憾！愿母亲在天之灵能俯视她的已经有着翻天覆地变化的美丽故乡“苏北桃园宿迁”。

母亲无私、大爱，平凡、高尚。母亲永远活在我的心中。

亦师亦父　恩重情深

——怀念敬爱的罗国杰老师

敬爱的罗国杰老师已离我们而去，哀伤难消逝，怀念将永远。

我一生钟情伦理学教学与研究，这与罗老师亦师亦父般的教诲与扶植是分不开的。

我记得1982年秋中国人民大学伦理学高校教师进修班开学后，罗老师第一次给我们上课就很认真地告诫我们要“学伦理学，做道德人”。他不仅这样说，自己也这样做，而且一生躬行，率先垂范。为此，罗老师赢得了社会各界广泛的尊重和爱戴。罗老师“学伦理学，做道德人”的警句，成为我人生的座右铭，一直影响着我的为人处事，丰富着我的人生内涵。当年中国人民大学举办的伦理学高校进修班被称为伦理学界的“黄埔一期、二期”，为全国高校培养了一批伦理学人才。可以说，罗老师的这句“学伦理学，做道德人”，伴随着中国伦理学学科的发展和壮大，影响并将继续启迪我国一代又一代的伦理学同仁，真可谓，一句箴言，影响历代学人。

记得当年，江苏伦理学界同仁集体编写了一本《伦理学通论》。一天，趁去北京开会的机会，我怀着忐忑不安的心情恳请罗老师题写书名，没想到罗老师爽快答应，令我喜出望外。据我所知，罗老师为学界伦理学著作题写书名十分鲜见，荣幸之余，我也常常感受到罗老师的厚爱与鼓励。后来，南京师范大学先后成立伦理学研究所和应用伦理学研究所，罗老师不仅都题写了所名，并且还提供了竖写横写的格式，任我们选用。我的夫人郭建新主编了《财经信用伦理研究》一书，恳请罗老师题词，罗老师很快从北京寄来了题有“深入研究财经信用伦理，完善财经信用制度，大力推进社会主义市场经济建设”的题词签，并盖上了印章。这不仅是对作者的鼓励和鞭策，更是对伦理学同仁的要求和希望。今天，罗老师虽然离我们而去，但见牌见字如见人，他永远激励我们在学术的道路上不断前行。

在我的学术人生道路上，罗老师始终无私提携。记得我在中国人民大学进修伦理学专业时，有一天下午，我正在宿舍里写作，罗老师敲门进来，见我一人在宿舍，就坐下跟我交谈了一个多小时。当时交谈的内容很多，谈学习、谈生活、谈工作、谈学术，说是交谈，其实是给我单独上了一堂人生哲学课，顿时让我对眼前这位和蔼可亲的老师、长者肃然起敬，心存感激。我一直记忆犹新的是，罗老师在谈话中要我多读书，要有自己的思考，要站在学科前沿搞研究，要让理论真正解释和解决社会现实问题。可以说，我一生的学术路向和学术风格深深地烙上了罗老师当时的谆谆教诲。

从我在中国人民大学进修伦理学毕业至

今,已有 30 多年。每次参加伦理学的学术会议,每次聆听罗老师在会上的学术演讲,都在享受一次丰盛的学术大餐。2001 年,在我们南京师范大学召开的全国第一次经济伦理学学术研讨会上,罗老师专程到会祝贺、演讲,会议间隙,他乐意和年轻人亲切交流。同样记忆犹新的是,在会议上,他语重心长地说,经济伦理学作为新兴学科,只要坚持以马克思主义为指导,好好耕耘,必有收获。现在看来,我国经济伦理学的发展态势,的确验证了当时罗老师的教导。那次会议,罗老师还告诫青年学者,做学问要力求创新,要立足为社会服务,这就是今天强调的学术创新要高平台、接地气的理念。

随着《中国经济伦理学年鉴》续集的不断出版,《年鉴》已引起学界越来越广泛的关注,在推进我国经济伦理学乃至伦理学的研究和学科发展上发挥着独特的作用。这项得到学界赞赏的事业,与罗老师的关心、支持是分不开的。记得在北京召开的一次《思想道德修养与法律基础》教材编写会上,我把主持编辑《中国经济伦理学年鉴》的设想向罗老师作了口头和书面汇报，罗老师在表示全力支持的同时，欣然同意担任《中国经济伦理学年鉴》编委会主任，随后又认真审阅、修改了《年鉴》的编写设想和计划。他对我说:“这是我国伦理学界第一部年鉴，要精心规划、精心组织、精心编撰，使之真正成为经济伦理学乃至伦理学研究的权威信息资料库。”多年来，罗老师提出的这三个“精心”，成为我们编撰《年鉴》的工作宗旨。今天，《中国经济伦理学年鉴》已出版 11 卷，引起了学界的广泛关注，在推进我国经济伦理学乃至伦理学的学术繁荣和学科建设上发挥着独特的作用，并在国际上也产生了一定的影响。可以说，没有罗老师当初对编撰《年鉴》的支持和鼓励，没有罗老师长期的关注和指导，就不可能有今天已经连续出版 11 卷的《中国经济伦理学年鉴》。

最使我难忘的是，罗老师先后为我的拙作撰写过 2 篇序言，每篇序言都是他在认真阅读书稿的基础上写成的，且每篇序言都有画龙点睛之功，可谓字字洋溢鼓励，句句闪烁光芒。在为我的《道德资本与经济伦理》(自选集)作序时,罗老师虽已重病在身,但听说我要出自选集并有意请他恢复健康后作序时,他欣然允诺,并很快在病中给我写好了序言。当我在罗老师家拜接纸质序言稿时,罗老师对我说:“小锡啊,我现在体力不支,不再为他人作品作序了,但你的自选集要出版,我很高兴,我要为你写好这篇序言。”那一刻,我不知说什么好,唯有眼含热泪,不断地点头并鞠躬致谢。师恩如山,无以为报,唯当竭尽所能,致力于罗老师开创的事业,以不辜负罗老师的关爱与提携。

罗老师的精神永存!罗老师永远活在我们心中!

感恩家乡

我的家乡是素有“鱼米之乡”、“丝绸之府”、“茗茶之地”、“生态之城”等名副其实美誉的古城溧阳，是我一直怀揣着感恩之情的地方。

上溯至我的家庭祖辈，乃数代文盲。我年幼时，不识字的父母对我最大的希望是读点书，将来能成为一位先生，为家庭增点光彩。在他们眼里，先生就是自己识点字并能教小孩识字的人。我的父母压根儿没有想到，后来的我竟成了博士生导师，培养了 160 多位硕、博士生，并获得了以下头衔、荣誉和作品：哲学博士、教授，享受国务院政府特殊津贴专家，南京师范大学“奕熙精英教师”，中国伦理学会副会长、经济伦理学专业委员会会长，中央马克思主义理论研究和建设工程重大项目首席专家，国家社科基金重大招标项目首席专家，教育部人文社会科学百所重点研究基地中国人民大学伦理学与道德建设研究中心经济伦理学研究所所长，清华大学道德与宗教研究院学术委员会委员，中国校友会网发布的《2011中国杰出人文社会科学家研究报告》中入选第三届中国杰出人文社会科学家，长安大学“中国人文社会科学评价中心”发布的“中国哲学社会科学最有影响力学者排行榜”(2015年研究报告)中名列全国“哲学”学科第7名、“伦理学”学科第2名，学术著作被翻译成英文、韩文、日文、塞尔维亚文等在海外出版。

一位校友曾经在给我的贺年卡中这样写道:“从穷孩到教授不亚于从奴隶到将军”。这是至高的赞誉。而在这被赞誉的成就之中，凝结着家乡的力量和要素。

家乡溧阳这块土地养育了我，尤其是家乡的民俗民风的熏陶，使我多少拥有溧阳人的兼具吴韵汉风、山刚水柔的精、气、神。我“骨子里”就是溧阳人，难怪经常有朋友打趣地对我说:“你就是溧阳人，跑到哪里都能看出你是溧阳人”。听到这话，我为我深深地烙上了“溧阳人”的印记而自豪。其实，我在外很愿意说自己是溧阳人，因为我感恩溧阳，是这块土地上的溧阳人给了我无限希望和无穷动力。

启蒙对于一个刚刚懂事并在好奇地面对世界的孩子来说是件头等大事。但我作为“50后”，在孩提时没有听过一个像样、完整的故事，更不知道作为学前教育的幼儿园是什么样，以至于我到今天还对这段人生缺失有所遗憾。但是，虽先天的启蒙不足，我不会忘记，我的人生首先得益于小时候在家乡接受的知识传授，尤其是精神层面的启蒙培育。

记得读初小时，条件很是艰苦，可谓是“两个土墩一块板(课桌)，自带凳子上‘复班’(不同年级在一个教室分两边坐，轮流或上课或做作业，即一个年级上课，另一个年级做作业)”，但是，条件差不影响知识启蒙，有些课本、文章及其意境我现在都能背诵和复述。尤其是当年所学的拼音让我受用一辈子,以至于我现在打电脑键盘用的就是拼音输入。呵呵,尽管我喜欢拼音,但就跟学外语需要语言环境一样,由于当时没有普通话交流环境,故我虽然拼音基础好,但离开家乡近 40 年,讲的还是一口“溧普话”。知识启蒙重要,但更为重要的是,学校及老师们潜移默化的德性培育影响了我的成长。如任课老师兼班主任的彭菊英老师用每天坚持早到校至学期结束可以获奖的激励办法,培养了我的进取心和荣誉感。虽然学期结束时最好的奖励仅仅是一支铅笔,但人生第一次获奖和荣誉值得我一辈子回忆。

对我来说,如果说小学的知识和精神启蒙是基础,那到了初、高中时,书本内外的启蒙,已经开始较为深刻地影响我的人生理念。尤其是学校老师的一举一动不仅影响我当时的思想和生活,更影响了我的一生。记得初一时我因家境贫寒而不想读书,跑回家放羊、割草、做家务。班主任史云初老师带上几位同学追到我家,在农村那一贫如洗、仅有20多平米的茅草屋里,语重心长地对我说,想要改变贫穷面貌,不能没有知识,不能不读书。史老师在我家中的一席话,让我深受感触,使我回到了学校,否则,我一生将是个初中辍学生。依然还记得读高中时,王恬庆校长对我特别欣赏和器重,经常微笑着鼓励我说,好好努力一定会有出息。这微笑、欣赏、鼓励、期望式的启蒙,着实激发了我对未来人生的憧憬。

中学对我的启蒙不胜枚举。初中狄瑞麟校长的以校为家、每天巡视校园的身影;孙薇华老师每天放弃休息时间在晚自习前的广播教唱歌曲;吴洪彬老师经常在他家中手把手教导担任班长和团干部的我如何开展工作;史水保、陈水明等老师不时地对我关于人生目标和人生态度的点拨;郑再福老师在黑板报书写“王小锡同学二三事”的情景,等等。这些都在不同角度给我以人生的启迪,我由衷地感谢我的所有启蒙老师。当然,我的启蒙,不只在学校,社会对我的启蒙也使我终身受益。记得小时候,我家老者已经失去劳动能力，小者尚无劳动能力，故家中很穷，靠借钱借粮过日子。但最使我欣慰的是经常有好心人以各种形式帮助我们，如我的邻居马志保一家，在我家人多茅屋小、无法正常居住的情况下，让我长期住在他家，他们全家不仅没有任何怨言，而且像家人一样对我热情照顾。这种淳朴无私的品质影响了我一生的为人风格。这些都是无声且深刻的启蒙，我十分怀念小时候受到深刻启蒙的清贫、淳朴、友善的生活环境。

从学校到社会，这是人生的重要转折点，有没有人帮助点拨，就像航船有没有指南针一样，否则，学校的启蒙教育将不能延续甚至转型。其实，人生就是这样，在一定意义上，启蒙和点拨将伴随终身。至少，任何人不可能穷尽知识，对于未知领域想进入并有所收获，那么，哪怕是教授还得接受“启蒙”和“点拨”。我高中毕业踏上社会时，曾顿感无所适从，是先后一批批领导以他们的言传身教把我这个农民的儿子引上了较为踏实稳健的人生之路。

我于1970年高中毕业回到家乡数月后，当时的大队书记周复生选送没有任何特殊背景的我参加所在城西公社驻村工作队，这是我人生的一个重要转折点。而后由于我的工作态度得到领导和周围人的认可，且喜欢“摇笔杆子”，先后被选拔为公社广播员兼文字秘书，以及后来的团委书记兼公安特派员、党委秘书等。在时任党委书记王连根身边的岁月里，我随他一起下乡，一起劳动，一起生活，一起探讨文字功夫，并经常同床入睡，真乃亦师亦父。期间，王书记不厌其烦地给我讲人生理想，讲生活体验，讲工作方法，讲处世理念等，可以说，当初我对社会、对人生较为完整而深刻的认识很大程度上得益于他的言行的启迪。特别让我敬佩的是，学历不高的他，实际文化水准让人刮目相看，他给我讲解农业经济俨然像个专家，讲解新闻报道、工作总结和工作报告的写作境界和方法就像个儒官，尤其是给我讲解唯物辩证法时更是让我肃然起敬。

在公社工作队和机关工作的6年多时间

里，还有一批领导和同事的品质、作风和特有个性深深影响了我，使我受益匪浅。诸如狄海保的率真和善意、蒋金生的聪颖和勤奋、胡国宝的斯文和友善、蒋荣林的细腻和认真、吴新华的诚恳和严谨、华增荣的平和和睿智、李文华的豁达和坚持、周志敏的谦卑和进取等等，都在不同维度和不同程度上影响了我的人生。尽管当时在机关最奢侈的生活是偶尔数人围坐，享受一小碗猪头肉加二两五土烧酒的美餐，尽管几乎每天晚餐是免费红辣椒酱拌饭吃，但大家真是开心愉快。因此，这个清廉、团结的工作集体，是我一辈子想念和向往的"大家庭"，是影响我一生的有魅力的团体。我由衷地感谢我一生难以忘怀的家乡引路人。作为我的人生引路人，还不能忘记善解人意的"公社媳妇"杨桂兰（我习惯称杨会计）和陈玉英（我习惯称陈老师），她们对我亦师亦母般的关照、呵护和叮咛是我永远的生活参照和人生记忆。

游子在外，时间越长，家乡情越浓。谁不说俺家乡好？在外游子都想为家乡父老乡亲做点有意义的事情。我把为家乡做点实实在在的事情当作是责任和享受。其实,我的家乡也在时刻关注游子在外的生活和发展。曾几何时,一年一度的南京家乡人聚会,家乡领导们带到现场的不仅是问候,更是鼓励和支持。家乡人平时的哪怕是一丁点儿的关注和帮助,我都感到是莫大的欣慰和荣耀。家乡人的关心和支持是我人生道德路上不可多得的精神支柱。

离开家乡近40年的时间里,家乡父老乡亲不仅没有忘记我,而且一直在关注和支持我的工作和发展。尤其是一批如师如兄般的家乡干部,对我是厚爱有加,时刻在关注和宣传我的发展和业绩,激励我在人生的道路上奋力前行。原市委书记王悦林见面就是热情的寒暄,要我经常回家乡看看,并要我为家乡发展多做贡献,这是诚挚的认同和期待;原市委常委、常务副市长彭留双对我更是多年来不遗余力地支持、宣传和鼓励,当看见他在《溧阳时报》发表的《当代经济伦理学界泰斗——王小锡》一文,我在受宠若惊之际,有一种朝着“过奖”之目标好好努力的念头；原市委副书记袁再保、崔国伟和市人大常务副主任陈育新、副市长赵忠保等的亲切的“小锡”称呼或言语不多的亲切对视，以及对我人生的由衷的关注和支持，激励我不断进取前行；历任市委常委、宣传部长的路发今、沈福新和张爱文对我撰写的《溧阳赋》给予了真诚的首肯、赞赏和支持，尤其是路部长的“很好”两字的评价，沈部长的“写得豪气大气，赋得精彩出彩”之赞誉，现任张部长亲自参加我的石刻《溧阳赋》落成天目湖山水园的典礼，让我深深感到家乡情深；不久前刚刚升任溧阳市人大常委会副主任的原市教育局局长范国华，论辈份我是他的老师，因为我是南京师范大学政教专业79级班主任，他是苏州大学文学专业79级学生，但他是我钦慕的朋友，我们是乐意交流的挚友，我从与他的交往中在更深层次认知了许多文化及文学视角独有的人生体悟和当代儒官的工作境界；原市民政局局长姜建才，在关注我的人生发展过程中的不时地建设性交流，使我受益匪浅；现任溧阳电视台台长沈伟主持下拍摄的《天南海北溧阳人——伦理学家王小锡》视频连续多次在溧阳电视台播放，让我在深感荣耀的同时，深知这是家乡对我的鼓励和期望；原广电局副局长陈芳梅撰写的《善于道中取乐在苦中求——记我国著名伦理学家王小锡教授》收录在《天南海北溧阳人》一书中，市文联副主席、民间文艺家协会主席邓超撰写的《乡人王小锡——记中国伦理学家、南师大公共管理学院院长王小锡教授》发表在《溧阳时空》杂志上，使我深感家乡的重视与抬举。

不能忘怀的是，长期以来一批企业家对我学术研究给予的无私的支持。例如，20 世纪 90 年代初，在我研究经费欠缺的情况下，企业家史优良（江苏冶建防腐材料有限公司总经理）慷慨解囊资助我出版学术著作，更激发了我的学术热情；企业家江旺庚（溧阳市周城食品有限公司总经理）长期支持我带领的科研团队和学生社会实践小组进行的社会调查活动，为我们科研平台的提升和人才培养提供了难得的条件，等等。

我心中要感恩的家乡人和事，还有许许多多，非本篇短文所能叙述和表述的。

家乡人的无私、纯朴、真诚的品格以及对我的认可、抬举和支持，是我一生取之不尽、用之不竭的动力源泉。尤其是每当我人生遇到不愉快甚至挫折时，我会从家乡情中获得愉悦和活力。

家乡情深，乡恋永存，“溧阳”两字，在我心中万分厚重！

祝愿我美丽的家乡永远辉煌！祝愿我亲爱的父老乡亲永远幸福！

溧阳赋

江南古邑，溧水以北，水北为阳，故称溧阳。名起春秋[①]，县始秦皇[②]。历代重镇，千秋煌煌。后世曾曰永平、永世、平陵，隶会稽、彰郡、丹阳、扬州、金陵、江宁、镇江，元、明升为溧州、溧阳府、溧阳路、溧阳州，今撤县设市，属江苏常州。此其史地沿革之大略也。

远纪瀛海奥区，沧桑兮悠悠万古。人类发祥之地，始祖兮中华曙猿。[③]

夫其形胜也，山高水长，巍巍晖晖。东临湖海，西接楚地，南望天目山，北眺长江水。西南层峦叠嶂，东北秀水萦纡，山水相拥，犹如太极，大地生辉。鱼米之乡，丝绸之府，茗茶之城，“鸡鸣三省”[4]之富庶地焉。

夫其风景也，天光云影，水秀山清。天目湖，山抱水，水拍山，万般绚丽，若西湖北漂至此兮，画意诗情；长荡湖，水涵天，天映水，一色水天，如太湖西浮至此兮，波撼气蒸。密布水流，轻舟荡漾，如意纵横。千山万壑，氤氲缭绕，神仙洞庭。南山竹海，无垠绿浪，琅玕敲韵兮，似琴瑟之和鸣。横涧古松，耸入云霄，松雄树帝兮，若群山之侍兵。古桥奇葩，棋布江河，千姿百态，巧夺天工。平桥石坝，扼锁山洪，四季飞瀑，流泉铮琮。绚景美不胜收矣。

夫其美馔也，佳饮名肴纷陈，色香味形齐全。瓜果栗茶，依山傍水，雨露润兮，香淳甘甜。溧阳白芹，晶莹似玉，爽脆嫩兮，蔬林绝观。周城火锅，溧阳扎肝，饪哲范兮，腻弱肥鲜。南烛乌饭，紫晶剔透，补精益气兮，固本驻颜。砂锅鱼头，琼浆玉液，稀鲜隽美兮，味甲昊餐。美味佳肴，难以缕述也。

夫其文化也，厚重积淀，高山仰止。带柄石斧[5]，神墩遗址[6]，青铜蟠虺文双耳三足盘[7]，石刻井栏[8]，宋代团城，深沉远史。狮舞马灯，知古傩戏，流风未替。焦尾琴[9]兮，七弦乐奏故里。贞女碑兮，数说至诚仗义。千古名刹，报恩禅寺，集神韵佛灵之气。伍员山、瓦屋山、读书台之传说，酒习、茶艺之民俗，蕴身正刚毅、厚意真诚、宽容感恩、尚善笃行之濑江伦理。骚人墨客，溧地抒怀，脍炙人口诗篇，人伦道德文章，千古唱传。孟郊《游子吟》，“谁言寸草心，报得三春晖”，铸母爱孝道诗吟经典。李白数进溧阳，流连忘返，把酒吟诗，力书豪迈诗篇。当今文化，同步时代，文采文品，特色彰显。古往今来，文脉欣荣，不可胜纪焉。

若夫风流人物，古今迭出，后浪推前澜。中华志士仁人，溧子群星璀璨。汉溧阳侯史崇，唐纳言史务滋，明著《农经》、人称“仙才”马一龙，清数朝元老史贻直，状元、榜眼、探花“三鼎甲”之“七贤”[10]，历朝进士，各方人杰皆文渊也。前哲往矣看今贤。中华崛起，革命志士；科技领军，两院院士；人文社科，各路豪杰；经济社会，管理英才；曲艺书画，群英荟萃，各有建树，青史可镌也。人物风流，不胜枚举，兹从略矣。

至若革命传统，代代相承。历来英豪兮，正气浩然，至大至刚，善举高扬，邪恶必惩。昔年日军，犯我神州，洪水野兽兮，来势凶猛；中华儿女，奋起抗击，万民一心兮，众志成城。雄狮所向披靡兮，推进勇猛；敌顽狼子野心兮，黄粱一梦。“水西精神”，传颂恒久也。

噫吁嚱！溧阳文明，世世相传。宏伟史诗，续写新篇。和谐聚力，生机盎然兮，蒸蒸日上；创新发展，万象更新兮，跻身百强。水陆空四通八达，农工商百业争先。美丽乡村，幸福长寿，卫生环保，绿色生态，旅游休闲，名闻遐迩，荣膺全国兮，诸多桂冠。田园城市，欣欣向荣，盛世气象兮，国泰民安。濑江儿女，不骄不矜，戮力拼搏兮，快马加鞭。明日之溧阳：城将更美，人将更靓，水将更秀，山将更清，日将更丽，天将更蓝哉！

注释

① 名始春秋：春秋吴国即有“溧阳”之名。

② 县始秦皇:秦始皇时建溧阳县。

③ 中华曙猿:经中外科学家联合考察和严密论证,溧阳上黄镇夏林一带发现的距今约 4500 万年的中华曙猿(化石)是包括人类在内的高级灵长类的共同祖先。

④ “鸡鸣三省”:指溧阳地处苏、浙、皖三省交界,形容鸡叫传三省。

⑤ 带柄石斧:国家一级文物,新石器时代工具。

⑥ 神墩遗址:溧阳社渚镇发掘的马家浜墓,距今 6000—7000 年。

⑦ 青铜蟠虺文双耳三足盘:战国时期用具。

⑧ 石刻井栏:唐代文物。

⑨ 焦尾琴:中国古代四大明琴之一。据考证,焦尾琴是东汉著名文学家、音乐家蔡邕隐居溧阳时亲手制作,故溧阳是焦尾琴故里。

⑩ “七贤”:古代溧阳先后录取为“三鼎甲”的有 7 名,他们是状元普颜不花、马世骏,榜眼宋之绳、任兰枝,探花陈名夏、黄梦麟、任端书。

石刻《溧阳赋》随想

2013年4月6日，即一年前的今天，《溧阳赋》石刻落成天目湖山水园，这是家乡和家乡父老对我的厚爱，也是天目湖敞开信任臂膀的接纳。难以忘怀的是市委常委、宣传部部长张爱文同志亲临《溧阳赋》石刻落成典礼，原市委常委、常务副市长彭留双同志发表了热情洋溢的致辞，市委、市政府其他一些老领导及市部、委、办、局、镇等相关领导到场祝贺。这真是，家乡情深，情深家乡。

当初，我作《溧阳赋》的初衷是力图承载溧阳的山水林园、风土人情，好山好水好风光、善人善事善文化；展示溧阳的风水宝地、物产富饶，地灵人杰名士多，风调雨顺鱼米香；期望的是溧阳美丽灿烂、吉祥辉煌，山美水美人更美，热烈祥和颂太平。同时，力图以美妙的韵律、雅俗共赏的词藻、求真务实的风格，期盼家乡父老乡亲及读者能欣赏和喜欢《溧阳赋》。在《溧阳赋》石刻落成一周年之际，我和一些好友再临天目湖，想再次体验一下石刻《溧阳赋》的文化意味和品味感受。欣慰的是，家乡原市委常委、市人大常委会副主任沈福新同志的"《溧阳赋》写得大气豪气，赋得精彩出彩，石刻落成是件功德无量的大事好事"的评价给了我莫大的鼓励。

我写《溧阳赋》是纯属情之所致。我小时候最喜欢冬天的雪，家境虽贫寒，身上衣裳单薄，但只要天下雪，我和小伙伴一定会到户外打雪仗，可谓开心至极。5年前的一个深冬，大雪纷飞窗前白，登楼远眺怀旧事。思绪万千：儿时下雪天的雪球、雪人、雪仗，雪后放晴时避风墙脚边的"日光浴"，雪地支撑米筛子的逮麻雀，会留下雪地脚印的稻草堆丛中的躲猫猫，犹如眼前，历历在目，好一派冬日里热闹的田园风光。

每每冬去再春来，潺潺溪水淌桃花，拂面春风摇杨柳，黄花绿苗映春光，燕飞鹊叫催早耕；春过夏至，背阴处的乘凉，池塘里的裸泳，烈日下稻田的螃蟹，入夜后的萤火虫，青蛙的“和声”；迎冬之秋，秋高气爽，稻谷飘香，硕果累累，丰收喜悦，洋溢乡间。犹如春秋夏冬的立体画卷，美不胜收。

唉，何不关门谢客，“赋”上一首，宣传天底下最美最好的家乡——溧阳?!

是啊，谁不说俺家乡好？我于1977年初离开家乡，随着时间的推移，家乡情结越来越强烈，以至于我在经历南京、北京、长沙读书和工作的过程中，只要一提起家乡，就会眉飞色舞，如数家珍，展示家乡的美和好。甚至，偶尔出国学术交流，在老外面前也自豪地炫耀溧阳悠久的历史、辉煌的今天，以及天目湖的美景和砂锅鱼头等。令我今天还记忆犹新的是，刚进南京师范学院（现为南京师范大学），我就在同学面前“海聊”，说溧阳是小上海，有机场、火车站、港口，有山顶水库，有三步两墩桥，有百里长山、千里长沟等等,俨然把“长三角”内的机场、火车站、港口等也纳入溧阳圈内,以至于成家有了小孩还在习惯地宣传溧阳今天才有的火车、机场等等场景,为之,老婆、孩子经常打趣地说我一提家乡就“吹”。然而,要用写《赋》来“吹”溧阳,除了讲求文字功夫,还得求真求实,不能乱“吹”。

初步构思《溧阳赋》时,深感不仅要了解溧阳古今,而且要对溧阳的自然、地理、文化、经济、社会、民俗等样样通达;不仅要知道溧阳特点和特色,更要深谙社会心理;不仅要写实,还要抒情,等等。为此,我约请一些好友阐释我的初步构想,得到认同和支持。随后仅相关专业书籍和介绍溧阳的资料我阅读了不下 200 万字。初稿杀青,800 多字的《溧阳赋》奉上时任溧阳市委、市政府及相关部、委、办、局的部分领导和文学界同仁审阅。不久,他们均热情回音,在表示首肯和赞赏的同时,都以独特的视角给《溧阳赋》提出了十分有见地的修改意见。而后在《溧阳赋》逐步润色、完善期间,我广泛听取意见，其中有我国著名辞赋、韵文专家们的修改主张，有家乡官员、百姓的要求和启迪，有我全家人的点评和文饰，有一批博、硕士弟子的“七嘴八舌”等等，可谓是集各家真知灼见，故《溧阳赋》乃集体智慧的结晶。

在随后5年多的时间里，我几易其稿，最终形成了1300多字的《溧阳赋》。

期间，经常为一个字或一个词或一句话翻来覆去地斟酌，例如，《溧阳赋》中的“远古瀛海奥区，沧桑兮悠悠万古。人类发祥之地，始祖兮中华曙猿”，前后不押韵，先后换了几次押韵的句子，尽管意思表达类似，但由于读起来的声调和词汇没有原初的即现在文中的这句子大气，故就干脆让其不押韵，这即保留了所谓的不规则中的美和好。经常为一种情景认真地调研和核实，例如，《溧阳赋》中的“西南山区，东北水乡，犹如太极，大地生辉”，来自于我对溧阳地势的感受，确认于我对溧阳地图的研究和地形地貌的考察。可以说，不对《溧阳赋》中所涉景观逐一考察，我不会也不敢贸然仅凭传说、想象提及。经常为风景、美馔、文化、人物等内容的取舍在“特色”、“代表”、“唯一”、“周延”等关键词上探究，例如，溧阳古今风流人物举不胜举，《溧阳赋》列举了少许在溧阳人口中代代相传、广为知晓的古代人物的基础上，以群聚焦，让读者在相关群中或联想或查阅或记忆志士仁人。又如，溧阳“美馔”丰富，但不能叙述太多太杂太俗，最后只提到了瓜果栗茶、溧阳白芹、南烛乌饭、砂锅鱼头等。经常为《溧阳赋》给家乡人可能带来的感受而冥思苦想，作为文学作品尤其是以抒情见长的《赋》，可以夸张，应该有情感渲染，但是，作为写地方之赋，夸张和情感渲染应该有度，否则，要么仅是通适各地的漂亮词汇的堆积，要么是不接地气的抒情，影响阅读效果，甚至影响读者情绪。为此，我写《溧阳赋》力图求真求实求境界、恰当抒发情感、着力展示家乡优秀品位，真正让家乡父老乡亲读一《赋》而更加知溧阳、爱溧阳。

我虽力求《溧阳赋》有汉赋之韵味、文赋之理性、散文之洒脱、骈偶之音律等等，并坚持藻饰不落俗套，用典规范可靠，讲究思维逻辑，展示写实主义的风格等等；同时，尽管《溧阳赋》发表后赞誉声不少，特别在石刻《溧阳赋》落成一周年后的今天初识市文联副主席、民间文艺家协会主席邓超同志时，他由衷赞赏地说："《溧阳赋》写得见功力，是首好赋"，然而，写《赋》之要求，吾辈学识难敌，此《赋》之不当，吾辈自知难免，还请诸位同仁、朋友不吝赐教。

愿我的《溧阳赋》给读者带来好心情，给家乡带来好运！

（原载《溧阳时空》2014 年第 22 期）

天目湖颂

九天落目，沙河大溪，眸光炯炯，仰望苍穹；

祈福濑江，风调雨顺，平安康乐，千秋煌荣。

远古涧溪，任性不拘，一路袭来，涸灾洪难；

浩荡东风，唤醒大地，万众筑坝，治控蛟龙。

高山平湖，神来天镜，水天一色，天地和合；

层峦叠嶂，翠浪天成，霞云缭绕，大地披虹。

国家林园，生态示范，绿色环境，清新自然；

山水连理，万物共荣，四季如画，姹紫嫣红。

森林纳氧，河溪听雨，山巅沐阳，农家乐土；

山水园美，湖里山秀，龙兴岛趣，神怡流连。

幽深山道，迂回水网，棋布桥园，闲休佳境；

南山竹海，御水温泉，弟一峰山，心旷悠然。

天目湖颂

湖阔水秀，烟波浩渺，粼粼波光，交映蓝天；

云飞水中，鸟翔云伴，云随鱼游，湖若太空。

阅湖太公，福禄寿星，报国禅寺，福运四方；

帖碑石刻，前山琴台，文史胜迹，彩重墨浓。

慈母春晖，贞女殉义，烈士刚正，旷世仁德；

曙猿印记，状元阁楼，伦理传说，积淀厚重。

砂锅鱼头，周城火锅，溧阳扎肝，味鲜隽美；

雁来蕈菌，乌饭板栗，白芹溧茶，神州传颂。

傍湖山村，人间仙境，赏心悦目，宾客盈门；

依山圩乡，大地润泽，鱼跃谷丰，福祉亨通。

南山北水，农林工商，资源丰腴，物华天宝；

天目溧阳，文明同宗，和谐发展，圆梦强雄。

文学与哲学的美妙联姻

——读沈福新著《思有所悟》

一口气读完沈福新著《思有所悟》，心潮澎湃，不禁联想起英国著名政治家、哲学家、文学家培根的散文名著《培根论说文集》。作为英国随笔文学的开山之作，《培根论说文集》给文学界、哲学界乃至社会各界产生了十分深远的影响，以至于人们尊称培根为世界一流思想家。我读完沈福新的《思有所悟》而联想培根的《培根论说文集》，我是想说，《思有所悟》与影响深远的《培根论说文集》神、形相似，而且，《思有所悟》是在现今与时代同步的一部融学术性、思想性、生活性于一体的随笔文学力作，意境非凡，不妨一读。该书让人印象深刻的是,《思有所悟》似文学,但她又确是没有纯哲学范畴的哲学著作;似哲学,但她又确是鲜见故事情节的文学著作,她让文学与哲学实现了美妙的联姻。我相信,阅读此书者,定会受益匪浅。

《思有所悟》之美妙当为词藻的精巧运用与精当把控,难怪读来有一种享受和满足的感觉。盛克勤在《代序》中提到《拒绝》一文的文字运用的机巧,诸如此类,全书随翻即见。如,近年来,我国主流意识和媒体中的一个重要命题是有尊严的工作和生活,而"尊严"范畴在书中已十分周延地作了辩证思考,尤其是认为"尊严是一种勇气,是一种骨气;尊严是一种能力,是一种实力;尊严是一种智慧,是一种智能;尊严是一种内涵,是一种内力;尊严是一种自尊,是一种自信;尊严是一种自强,是一种自力",这是我们今天认识"尊严"的系统而精巧的概括,也是我们今天为什么要提倡有尊严的工作和生活的恰当而又精确的文字表达。

其实,我的注意力还不仅在《思有所悟》的

作为文学著作的文笔的才思敏捷，还在于《思有所悟》之深邃的哲学思维、深刻的道德警示、深入的研究启蒙，给我形成了幽深的思考。

《思有所悟》篇篇哲理，辩证法像一根无形的主线，贯穿全书。也正因为此，全书每一个范畴或议题，作者都是或“一分为二”、或“左右逢源”、或“上下衔接”、或“前后呼应”，达到完美杀青。该书开卷篇是“平凡”，行文中句句皆辩证，诸如“伟大出于平凡，平凡孕育伟大”、“平凡是伟大的分子，伟大是平凡的分母”、“自命不凡的人，既够不上伟大，也达不到平凡”、“清洁工是平凡的，但又是伟大的”等等，能让人深刻理解平凡与伟大的辩证关联。全书收官篇是“习惯”，文章告诉人们，习惯是中性词，好习惯能成就一个人，坏习惯能摧毁一个人，并引用席勒的话说，习惯不是最好的仆人就是最坏的主人，因此，要培养具有正能量或强大力量的习惯。不仅如此，全书辩证性的经典命题比比皆是，诸如“聪明不等于不老实，老实不等于不聪明”、“真正的痛苦是不能从痛苦中解脱出来”、“应该得到荣誉而把荣誉谦让，虽没得到荣誉但更荣誉；不该得到荣誉而不择手段沽名钓誉的，虽得到荣誉但根本不荣誉”、“机遇不常有，而机遇又常在”等等，无不闪烁着哲理的光芒。故，《思有所悟》是一部经典式的接地气的人生哲学著作。

《思有所悟》处处启迪做人，这也是该书的重要价值之所在。书是给人读的，任何一部书都有着或提供知识、或启迪智慧、或教导人学会做人等等的责任和目标。该书的各种启迪和教育功能均兼而有之，可谓是一部不可多得的导师式的著作。让人记忆犹新的是全书章章涉及或理想、或生活、或工作、或交往、或修养等等，篇篇提醒人、教导人学会做人，道德警示是她的特色之所在。《思有所悟》谈立身，认为“一个人没有自己的个性，便会失去自我；一个人只有个性，便会失去大家”，“尊重别人，也就是尊重自己。一个不尊重别人的人，说到底不尊重的还是自己”，又说，“人不能无欲，无欲则让人懈怠平庸不思进取”，但合理地释放欲望，需要遏制贪欲，还说，“成功没有侥幸可言”、“侥幸是不幸的开始”,“侥幸是一条走不通的死胡同”;《思有所悟》谈处世,认为“谦虚是心灵环保的基本态度”,“谦虚使人受益,骄傲使人受害”,“谦虚使人拥戴,骄傲使人拥推”,那嫉妒呢,“谁远离嫉妒,谁就会远离嫉妒的心灵折磨”,因此,人对人要宽容,宽容别人就是宽容自己,“刻薄者让别人痛苦,自己也难受”,人际间的团结才是力量,真所谓“人心齐,泰山移;人心不齐,脚步难移”;《思有所悟》谈境界,认为,“精神财富比物质财富更有价值”,“幸福决不是金钱的代名词。幸福的人生,不在于金钱、物质、权力、名利,而在于心情、心境、心胸”,人对人、人对社会有责任,而且“责任再小,也要用心全力承担,责任再大,也必须从点滴做起”,诸如此类警语的启迪效果,不可估量,可谓是此书一册在手,可游刃于天下。

《思有所悟》由浅入深,层层递进,为思想者、研究者树立了独特的学术探究范式。该书是一部随笔文学,也是一部思想探究的学术著作。学术的本质在创新。《思有所悟》在老生常谈的主题中，不时地闪耀着新思想的火花。“谦虚”与骄傲的关系及其各自的效果，作者提出了全新的理路，“尊严”的理论角度和深度，其质量不亚于近年发表的一些鸿篇大论。学术的价值在于揭示规律，推进文明。《思有所悟》的文章短小精悍且道理深刻。“克制”的辩证的联系生活实际的分析，让人有即刻检讨生活方式之感，分析哲学视阈下写成的“牢骚”、“嫉妒”，会让好发牢骚、好行嫉妒的读者索然收敛。学术的重要理路之一在于考察、承继和发扬传统。《思有所悟》不时地广征博引，用中外思想精华要么佐证、要么启迪、要么深究，将所思主题，悟之完备与完善。有了“君子爱财，取之有道”的儒家思想，就能更进一步理解财富的精神内涵以及财富与精神的关系；鲁迅的关于“世故”的精辟论述，有助于深入把控世故之弊病；古希腊“人啊，认识你自己”的训示，让人意识到认识自己的难度；美国石油大王约翰·D. 洛克菲勒说的“我愿意付出比天底下得到其他本领更大的代价来获取与人相处的本领”，彻底说明了“人脉”的重要;叶圣陶的"什么是教育,简单一句话,就是培养良好的习惯",给予了教育本质的透彻的概括。故,《思有所悟》是研究者读来颇受裨益的学术作品。

凭空写不出《思有所悟》,对于每个选题,惟有深厚阅历和聪明才智,才能思其到位,悟其深刻,故《思有所悟》是作者几十年来丰富经历的体悟与升华,是人生不可多得的精神财富。

《思有所悟》,文学哲学,哲学文学,开卷有益,建议一读。

自古溧阳第一姓

——为彭留双著《彭祖文化的辉煌》序

我与溧阳市原市委常委、常务副市长彭留双已经有多年的交往与交情。他给我的深刻印象是：说他是官，但他犹如接地气的学者，为南京师范大学兼职教授；说他是学者，但他确实是从乡村出来、又从没有离开乡村建设的干部。读一读他的《优化领导工作浅谈》《奔向现代化——乡镇工作思考》和《来自城乡的工作报告》就可知彭留双的实际工作和理论探讨的“两栖”生涯。《彭祖文化的辉煌》是他最新的一部著作，由此也印证了以下一句话，即“职业有时限，学问无尽头”。

留双来自农村，来自农民。干中学，学中干，是他一生的写照。1968年初中毕业后，担任过生产队长、团支部书记、大队主任、公社党委副书记、革命委员会副主任等职，而后，官职生涯的大部分时间是在多个县处级岗位上度过的。难能可贵的是，他在乡镇党委书记的岗位上读完中专、大专，在市纪委书记岗位上攻读了本科和研究生，并进而在勤奋工作同时走进理论与实践相结合的学术研究殿堂，以至于被评为高级政工师、南京师范大学研究生班的优秀学员，并被南京师范大学聘请为经济法政学院兼职教授和校董事会董事。更值得赞赏的是，留双从正县职岗位上退下来后，仍坚持为民办事，为民思考，为市、镇、村发展牵线搭桥，引进项目。同时，每年都有诸如《挖掘族群文化，打造名人名域》《锦绣江南的一颗明珠——天目湖畔九龙山的传奇故事》《历史长河中铸就着的辉煌——我所经历的溧阳乡镇企业发展与变迁过程》《为有源头活水来——我所经历的溧阳企业改革改制过程》《要搞就搞大的——江苏最大的抽水蓄能电站筹建记》等文章发表，并分别被市政协文史、市史志收集成书分发给市党代表、市人大代表、市政协委员以及各镇（区）各部门各企事业单位，作为时代的见证。近年来，留双为达到以史为鉴、启迪后人和弘扬中华民族传统美德之目的，收集了大量的历史资料，撰写了《彭祖文化的辉煌》。著书之艰辛，非局外人所知，且《彭祖文化的辉煌》一书，其调研、考证、思想探究等学术之“十八般武艺”须样样涉通，故该书更是留双耗时间、费精力、伤脑子的成就。留双邀我为之作序，我十分乐意。

宗族志是中华传统文化的重要组成元素，研究和修缮宗族志，是完善和发展中华传统文化的重要举措。事实上，我国宗族志文化不仅属于某一宗族，而且属于中华民族，也属于世界华人。作为特有的中华血缘共同体及其血缘文化，其宗族志文化是激励炎黄子孙精诚团结、亲密合作的特色文化。彭氏宗族也不例外。且彭氏文化在中华宗族志文化中是具有代表性的宗族文化。历史上孔子赞彭祖、老子庄子言彭祖、司马迁写彭祖、毛泽东论彭祖，以及《春秋》《汉书》《新唐书》等相关中国古代典籍记彭祖，这可以从一个侧面说明彭祖文化的历史地位以及他的优秀子孙后辈为中华民族崛起的丰功伟绩。就溧阳彭氏来说，彭祖 129 代孙彭显，字克明，自中进士，任真州判，后镇守溧阳，定居溧阳。荐任知溧阳州因宋气数已尽，忠义不事二主，拒绝高官厚禄，隐居溧阳，被历代帝王称道册封。他竭力培养人才，扶贫帮困，他的祖辈直至他的后裔，就有着“五里一进士，十里一状元”之称；彭定球、彭启丰祖孙状元而名扬天下，清代咸丰年间，溧阳有彭氏三兄弟同时金榜题名，史称“翰林三兄弟”。特别在元、明、清三朝，彭氏家族成为名门望族，至今仍传颂着“彭、马、史、狄、周，吃穿不用愁”的民谣。更值得一提的是，传说彭祖是华夏最长寿之人，其后人超百岁老者总多，故彭祖是中华民族长寿的象征，溧阳作为“世界长寿之乡”，在历史上还能找到依据呢！由是观之，“彭”乃“自古溧阳第一姓”有其道理。

彭祖的第 150 代孙彭留双编辑的《彭祖文

化的辉煌》一书，资料翔实，内容丰富，是溧阳研究宗族志文化的时标性著作，它的出版不仅为溧阳文化的建设与发展填补了空白，而且为中华传统宗族志文化的完善提供了不可多得的元素。

留双作为“儒官”，坚持不懈的学习并善于思考和“摇笔杆子”是他的丰富人生的一大特色，信手拈来皆“历史”、提笔即是大文章是他的文化人生侧面的亮点，难怪人们总是赞赏地称呼他为“教授”。本书是作者所学所感所思所悟的思想文化成果，它发人深省，催人奋进，值得一读。

愿《彭祖文化的辉煌》一书给读者带来历史文化、传统文化和族群文化的丰润和启迪！

汗血探寻古今人文溧阳奥蕴

——为邓超著《濑水钩沉》序

记得20世纪70年代初我离开家乡之前，家乡溧阳以文化人视角读溧阳、写溧阳的作品并不多见，而在世纪转接时期，跟随着“中国雄狮”醒来的步伐，“文字溧阳”也像雨后春笋般涌现，一批诗歌、散文、小说、报告文学等在充分展示“下里巴人”和“阳春白雪”风采的同时，书写了溧阳历史的悠久与厚重。期间，一群文人也随之横空出世、卓尔不群，真所谓盛世出文人，文人唱盛世。

我早就听说溧阳文人中有邓超先生，每每拜读他的大作有肃然起敬之感。文笔优雅且时而略带刚毅和犀利、文风朴实且不乏深沉和华丽。偶然的机会，三年前我们在东方最美丽的校园南京师范大学相遇，一见如故。真乃相见恨晚矣！

文如其人。邓超的作品风格展示了邓超之为邓超的品格。其实，与之交往后还让我对其有更多的认知，他的率真，他的诚恳谦和，他的不落俗套，他的苦中求乐，他的书斋气等等，会让朋友存“难得知己”之感。

近日，邓超邀我为之《濑水钩沉》作序，拜读之余，感慨万千。别的暂且不说，就其一笔一划手写爬格子，撰出 60 多万字且内容沉甸甸的著作，足以让人叹为观止。其实，作者是在我等好友的眼皮底下艰苦地完成这本大作的，其探究、打磨、锲而不舍的精神令我们敬仰。故我十分乐意为之作序，并以《汗血探寻古今人文溧阳奥蕴》为题来展示其作品完成的艰辛与不易。

《濑水钩沉》一书，是他积累资料几十年、阅读资料数百万、撰写历时三年有余的呕心沥血之作。作者沉浸于史海、痴迷于史料、会心于史实，多少年如一日，钩沉于濑江，摭拾在平陵，守一盏昏灯，伏一案古籍。该书内容涉猎溧阳地方文化中的风景、名胜、人物、文集、宗教、事件、轶闻、书画、武术、美食……可谓是千年古邑地方文化的一次巡礼、一次汇集、一次揭秘、一次赏析！难能可贵的是，作者没有人云亦云、旧话重提，而是扎根于地方史志和名人文集，注重第一手资料的挖掘探究，因此大部史料都是首次披露，第一次与读者见面，具有较高的文化价值和史料价值。例如《寻找焦尾琴》一文，作者考证了中国古代四大名琴之一——焦尾琴的来龙去脉，考查了蔡邕在溧阳的遗踪，文章在《琴棋书画报》《扬子晚报》《现代快报》上发表转载，引起较大反响。溧阳因此被命名为“焦尾琴故里”，增添了一张文化名片。《马世俊与“溧阳二十八胜”》《溧阳书画俊彦》《溧阳佛教拜谒》《溧阳傩文化溯源》《八卦掌渊源纪事》《昭旷无尘彭袭明》《徐悲鸿的溧阳缘》等文，都是作者上下探索、远近探究的扛鼎之作，具有较高的文史价值和欣赏价值。

他为撰写本书，曾赴北京、上海、杭州、南京各大图书馆查阅资料，并在溧阳图书馆的大力协助下，搜集了《康熙县志》《乾隆县志》《玉华子游艺集》《载石堂尺牍》《石云居文集》《匏瓜集》《句俭堂集》《匡菴诗文集》《水流云在诗钞》《古照堂诗集》《平等阁诗话》《平等阁笔记》《濑江逸史》《姜丹书艺术教育杂著》等大量的文集史料，去芜存菁，采撷精华，梳理整合，评议赏析。为尊重史实，实事求是，他还侧重第一手材料，尽力做到亲历亲为，如为采写《戴庆祖与"土木之变"》一文，随戴氏宗亲远赴河北怀来县土木堡镇，搜集资料，亲身感悟。为采写《新疆有个溧阳村》一文，远赴新疆尼勒克县蜂场现场采访，边流泪边记写。更难以想象的是，为写好《淳化阁帖寻亲记》一文，他行程四千公里，历时九天，横穿五省，其艰辛非同一般，若非痴迷、没有勇气，是不可能这样"折腾"的。

《濑水钩沉》一书展示了邓超的"大家"风范。全书并非只是故事的罗列、资料的堆积，书中“钩”出了溧阳厚重的历史和文化，写出了溧阳人的勤劳潜质、重义品性和感恩情怀，描出了溧阳山美、水美、人更美的绚丽景象，道出了溧阳土地上自古以来的生生不息的活力，等等。同时，全书展示了哲学家的逻辑辩证以求真、伦理学家的道德探寻以求善、文学家的形神布局以求美、历史学家的缜密考证以求正、社会学家的考察解析以求实等等的风格，真所谓“大家”著书，书著“大家”。

据我所知，邓超是多面手文人，他还出版过散文集《心灵之约》《天目湖民间故事》，发表文章一百多万字。他还是位研究西泠八家之一陈曼生的知名专家，他多年来撰写的十多篇学术论文，分别在《西泠艺丛》《书法》《无锡文博》《宜兴紫砂》《紫砂汇》等专业刊物发表，填补了曼生研究的空白，纠正了谬误，论文曾荣获杂志年度专业奖项。《西泠艺丛》作为专业核心期刊，曾一次发表了他四篇研究论文，这是较为罕见之特例！他还曾赴福建漳浦的“天福茶业集团”作关于陈曼生的专题讲座，得到“世界茶王”李瑞河的高度评价。

几十年矢志不渝，几十年笔耕不辍，成绩斐然，且耀眼荣誉，实至名归。2009年中央电视台教育频道《求学人生》栏目组在江苏选取唯一采访对象即为邓超，并用十几分钟的专题片报道了邓超的刻苦求学的人生经历，其中原市委常委、市人大常委会副主任沈福新对他作出了如此“镜像式”评价：“生活上的穷人，精神上的富人，社会上的名人，工作上的忙人”。我也时常听到家乡同仁们称他为“大师”，这也足以说明邓超的社会声誉。即便如此，他是位低调之人，在外发表了那么多专业论文，却从不炫耀。不过，“墙内开花墙外香”，同行和社会的认同和赞赏足以说明他的骄人的成就：1993年获“中国新闻一等奖”，2013年率领溧阳社渚跳幡神队伍参加大赛，荣获国家级民间文艺最高奖“山花奖”；现为中国傩戏学研究会理事，江苏民间文艺家协会理事，江苏省作家协会会员，南京师范大学伦理学研究所兼职研究员，溧阳市文联副主席、民间文艺家协会主席。

家乡溧阳近年文化繁荣，著作颇丰，但像《濑水钩沉》这样从大文化视角、大历史背景来撰写的地方文化专著，尚属鲜见，可谓难能可贵。邓超认真的治学态度，执着的探索精神，令人感动；其文学和历史学等学科的功底，超凡的笔力，让人敬佩。邓超的作品是我美丽家乡的精神财富，其为人的品格和为文的风格值得我们尊敬和重视。

我相信，用心血凝聚成的《濑水钩沉》是传世之作，一定会受到读者的欢迎。愿读者从《濑水钩沉》中获得阅读的幸福。

一块魅力无限的“情感磁铁”

——为《溧阳乡愁》序

《溧阳乡愁》即将问世，承蒙《溧阳时报》厚爱，邀我作序，看不见但意切切的“恋乡之手”牵引我欣然允诺。

记得若干年前，我儿曾经问我说，“爸爸，爷爷、奶奶都不在了，你怎么一有机会就想着回溧阳?”当时，这么简单的问题却把我问住了，因为，我自己压根儿没有考虑过这个问题。细细想来，儿子问得有道理，因为我几乎大多是“没有理由”的回家乡，实实在在只是“无意识转一圈”而已。这犹如我的“天安门情节”：在我的生活和工作中，跑得次数最多的地方，一是工作单位南京师范大学，二是北京，然而，每每去北京办完公事，我几乎都要找时间到天安门广场转一圈，即使不能专程去，在来回赶机场或车站的途中也经常绕道经过天安门。故，我回家乡“没有理由”其实就是最深刻的理由，“家乡情结”啊！

我离开家乡已经40多个年头，呆在外乡看家乡、思家乡，乡愁、乡情越发浓郁，常常由衷感叹，我的家乡溧阳真美啊！美在家乡的山水有故事、会说话；美在家乡的文化持厚重、尚包容；美在家乡的父老讲诚信、惜友情。对这，《溧阳乡愁》已经充分表白，它既表达了溧阳游子的思乡之情，也表达了家乡笔友的耀乡之意。

《溧阳乡愁》展示了家乡山水美与伦理美之有机耦合。《溧阳乡愁》在描述家乡山水自然美的同时，笔锋直指家乡伦理之美，真乃不可多得的杰作。从《溧阳乡愁》的相关作品可以领略到，家乡的山，水抱；家乡的水，山拥，山水无语有神情。连理山水，相缠如宾，纠结情深，风光无限。一座山就是一个故事，就有一种伦理之美：伍牙山因人们推崇伍子胥的“忠靖”、“义勇”、“孝亲”而得名；瓦屋山上“报恩禅寺”扬“报恩”理念；大石山、仙人山关于白龙和青龙的传说，主张的是“慈悲”、“孝敬”与“循规”之道德；茅山传颂着“抗日”的英勇故事，永远闪烁着革命历史的光辉……每片水都有别样风情：濑江，汇聚、流淌着万千溪流，迂回曲折牵连并滋养着千家万户和万顷良田，荡漾漂托着渔家小帆和争流百舸；天目湖、长荡湖，神来天镜照太空，镜中，云卷云舒，湖若太空，人、鸟、鱼共舞，好一派天、地、人、山、水、林之一体之和谐共生景象……山水与伦理之美，家乡地名也可见一斑：百丈沟、龙虎坝、月牙塘、莲花塘、石岩里、响羼桥、观莲桥、凤凰桥、桃园、梅园、沧屿园、归得园、石榴圩、礼诗圩、狮子山、道德山、功德山、圣塔山、太阳山、小九华、画眉滩、三塔荡、笔杆岭、瑶墅……溧阳，真乃人间仙境矣！

《溧阳乡愁》乃家乡古老而灿烂的历史和文化之缩影。家乡的历史和文化从先秦走来，虽栉风沐雨，一路坎坷，但姿态多样，积淀厚重，并深深地烙上了“溧阳印记”。《溧阳乡愁》以其独特的视角和精当的笔调书写了不是历史的历史和似乎碎片化的经典文化。焦尾琴作为溧阳古老文化的象征之一，作者在讲述美妙动听故事的同时，注重在史书和史实中求证焦尾琴出自蔡邕之手，说明焦尾琴故里在溧阳；千年沧屿园，虽“现今重筑遗古韵”，但毕竟是“重筑”，书中引用清代顺治状元马世俊在《晓园记》中所说“溧阳园林圣地，城里的是史氏沧屿园最好，在观渎的遗址上筑成，又有孟郊的诗碑在里面，称平陵古迹”，和五代显德年间进士卢多逊诗作《沧屿园谢公洗墨池》中所言“园柳鸣禽春色深，江山可待谢公吟。砚池香墨今余几？欲与君家写四箴”，记实性地描绘了古时沧屿园的美景与文化底蕴；让家乡人骄傲的团城，历史悠久，且水环四周，风景宜人；更让家乡人自豪的是，团城是智慧之城、英勇之城与坚守之城，这是书中所具独有笔墨；《码头街记忆》乃临水千年老街精、气、神的写照，系古老农、商、手工、建筑、水运等文化的结晶；彭、马、史、狄、周等族群的著名，固然有其悠久的历史和不凡的族事与族人，但更给力的是其崇尚读书的家风和严格的家规。还有，童谣形式在“童”，实质是传播趋善避恶、学做好人之伦理。此类历史和文化世事，不一而足。尤其值得称道的是，《溧阳乡愁》话溧阳，道出了溧阳人和溧阳文化的亮点和特色。从书中可以体会到，溧阳，东沐精致儒雅、以水为本的吴韵，西接胸阔浪漫、多元进取的楚文，南遇质朴自我、开拓悍勇的越俗，北临粗犷大气、好礼勇猛的汉风，在兼容并蓄中形成了特有的含蓄与浪漫并存、刚强与绵柔兼具、大大咧咧与细巧精明同体的溧阳民俗文化。难怪溧阳人在外人看来，系南方人但具北方人秉性，属吴语区但有中原人腔调。这是在溧阳人身上体现的特有的“濑江文化”。

《溧阳乡愁》以其朴素的笔墨凸显家乡人的厚道与诚信之品格。《溧阳乡愁》重笔叙说溧阳是厚道与诚信之城，敬示人们，溧阳人与厚道、诚信同在。家乡父老一贯信奉厚道与诚信，生活中注重善积良缘。伍子胥乞食的故事，在溧阳乃至中华大地，妇孺皆知。故事只是传说，而且不只一个版本，但是，伍子胥从楚国逃命至溧阳，不管是渔夫帮助其渡江拒收价值百金宝剑、掀翻渔船自刎于江水之中以表守口真诚，还是江边浣纱史贞女供其浆纱之糊，而后投江自尽，以表“明无泄也”，以免伍子胥担心暴露行踪之忧，这都说明，溧阳人推崇诚信，视诚信如生命。古时交通虽不发达，但文人墨客乐于不远万里来溧阳，真乃“何时到栗里，一见平生亲”。为此，有的数次进溧，吟诗作画，留下奇文异宝；有的一生迁徙数地，最终栖息溧阳养老，这都说明溧阳人待客如宾、善结良缘的朴素为人之道。让我一生记忆犹新的是溧阳人日常好善乐施积人缘的人品，每每村上有人家宰猪，这就意味着当天全村人家均可能吃上主人挨家挨户送上的猪杂汤；每每遇到乡邻发生火灾等重大事故时，只要听到锣声等求救信息，都会毫不迟疑地奋勇前往施救；每每有乞者到家门口，明明自己正在喝粥，给乞者送去的却是往顿吃剩留在筲箕里的白米饭……诸如此类的溧阳人品格，书中的《“苏州佬”家事》《溧阳的外族姓氏》的相关叙述可见一斑。溧阳人为人“实诚”啊！

溧阳真是好地方。难怪溧阳父老乡情浓，溧阳游子乡恋深。

作为游子的我与其他溧阳游子一样，经常日思故乡，夜梦溧阳，“乡愁”成了游子们想念溧阳、宣扬溧阳、奉献溧阳的精神依托。

《溧阳时报》将该报“寻找团城记忆”、“记住乡愁”、“仰望故乡星空”、“溧阳老地名”和“童谣”等专栏文章汇编成《溧阳乡愁》。给家乡父老尤其是溧阳游子送来了福音，它以其朴实无华的文字叙述着溧阳的美丽和精彩；以其深刻的内心独白昭示溧阳人对历史的荣耀和对未来的憧憬；以其智慧的笔墨引导人们不断地向上和向善。故，《溧阳乡愁》将成为他乡和在乡溧阳人的独好的精神食粮，也将是城乡文物保护、地方文化传承的重要文脉参照和决策依据。毫无夸张地说，《溧阳时报》为家乡做了一件功德无量的大好事，《溧阳时报》的“寻找团城记忆”等专栏和《溧阳乡愁》将以其无量价值在溧阳文化发展史乃至溧阳社会发展史上留下浓墨重彩和深刻的文化记忆。

相信《溧阳乡愁》在手，开卷乡情更浓，合卷乡恋更深；有《溧阳乡愁》伴随，“乡情”、“乡恋”以前是、将来更是五湖四海溧阳人生活中的一道绚丽的风景线。

伦理武侠与武侠伦理

——读范渊凯著《非攻之长庚凌日》

我的弟子渊凯邀我为他的小说《非攻之长庚凌日》作序，作为他攻读硕士和博士学位时的导师，我责无旁贷，欣然命笔。

渊凯是我一直看好的善学习、勤探究、有灵气、显才气的青年才俊，我尤其欣赏他活跃而富有哲理的思维与细腻而凸显老到的文笔。所以，我和我圈内的弟子们都亲切地称呼他为“范思哲”。虽然他学的是哲学、伦理学，却不知什么时候，在我眼皮底下干起了“不务正业”的文学创作。当他把30多万字的小说初稿送到我手里时，我惊讶了，这要花多大的时间和精力啊。阅读初稿后我更是赞叹不已，一连串精致且专业的词汇，一系列伦理问题及其矛盾，一个个跌宕起伏的故事情节等，构成了书中庞大的故事体系。而且，《非攻之长庚凌日》写的是武侠，道的是伦理，其书哲学意味浓郁，伦理精神深刻，是一部融故事性、思想性和理论性于一体的传统武侠小说。其实，说他“不务正业”实乃戏语，此书以文学为壳，以哲学为核，是一部文以载道的伦理小说。当赞赏之、庆贺之。

“非攻”是墨家精神的核心内容之一，包含着非常重要的伦理、政治和军事思想，也是一种平民主义战争观的反映。所以，要理解墨学，首先要理解“非攻”的意义，理论界至今还有很多学者都习惯片面地认为“非攻”就是一味地反对战争，祈求和平。其实，在一定意义上，和平与战争都是社会发展到一定阶段的必然出现的特殊矛盾及其表现形式，而对于墨子的“非攻”，我们也需要辩证地去看待。“非攻”并不是不攻，而是反对一切不正义的战争。事实上，在墨子看来，为兴天下之利，也要诛其元凶，以除天下之害。所以,战与不战或战争的正义与非正义,是一个严肃的政治伦理学问题。

这部小说以“非攻”为名,自始至终贯穿着墨家的哲学和伦理思想。整个故事的缘起就是墨家“以武犯禁”,引起了当权者和其他学派对其的压制。但是,整部小说所呈现的却远远不止墨家哲学和伦理思想而已,作者以更宏大的视角,描绘出了一个百家争鸣、百花齐放的盛唐时代,创造性地将百家思想付诸武林门派之中,这些门派俨然变成了哲学学派,十分有趣。可以说,这部小说写的是武侠,却处处流露着哲学、伦理学的理念。在这本书的中间部分,作者更是通过张果之口,直接表达了一种“和而不同”的政治伦理愿景,是借古喻今,也是对于建设“和谐社会”和实现“中国梦”的一种理论探索。

事实上,中国的侠文化与哲学、伦理学是分不开来的,因为侠者首先要具备一定“侠”的意识,而这种意识的根基就是他们内心的道德法则。然而,理性而完备的道德观念要依赖于理论知识的学习，而并非缺乏深刻认识地一味盲从。所以，我们讲道德、维护正义，不仅是我们要这样做，更是要知道为什么要这样做。《非攻》的故事充分说明了这一点。

为此，作者的这部小说定位和构思与传统意义上的武侠小说可谓大相径庭。传统的武侠小说，主体通常是一群武艺精湛、文化程度参差不齐的绿林好汉，他们固然是行侠仗义、两肋插刀，但大多缺乏对为何如此的思考。《非攻》则突破了以往武侠的局限，建设性地赋予了这些角色以知识分子的特质，他们既是一群武林高手，更是一群政治家、思想家、哲学家。可见，小说作者深谙与时代合拍的政治伦理理念，否则，对小说主人翁的当时代政治伦理意识的描述不会那么深刻；作者胸怀完美的道德理想，否则，借故喻今、宣扬和谐与正义的价值取向不会那么老到；作者亦明白伦理及其作用无处不在、无时不有的道理，否则，小说中的道德悬念或道德矛盾的构思不会那么引人入胜，并由此让读者在潜移默化中实现道德熏陶。

由此，我想起了法国著名哲学家、文学家、存在主义代表让·保罗·萨特(Jean Paul Sartre，1905—1980)，他写了多部渗透哲学伦理学思想的文学作品，有效地传播了他的存在主义哲学思想，起到了单纯文学或理论作品所难以做到的哲学思想及其道德价值观之宣传效果。我想，《非攻之长庚凌日》也是试图以形象思维形式宣传哲学伦理学观点，这是中国武侠伦理小说之时标性作品，是渊凯涉足文坛的扛鼎力作，当关注之、欣赏之。

用光影追寻不应忘却的“溧阳记忆”

一个地区的文化底蕴和文化软实力的增强，不能忽视甚至缺乏“地区记忆”。中外古今的历史充分说明，地区记忆的“缺场”将很可能出现地区文化沙漠，乃至直接影响地区文化软实力的发展与提升。

为了不至于因“溧阳记忆”的缺失而导致溧阳文化的虚空乃至文化软实力的虚弱，在沈伟台长领导下的溧阳广播电视台及其“光影人”，呕心沥血，以光影记录并探究“溧阳记忆”，努力促使溧阳历史文化的充实与完善。

让人欣喜的是，溧阳广播电视台及其“光影

人”始终在追寻着天南海北的溧阳荣耀。溧阳人自豪有诸多理由，其中自古以来可圈可点的溧阳荣誉让溧阳光彩不凡。现当代在外奋斗的成就卓著的溧阳人，更是像点缀在全国乃至世界的璀璨群星，不断为溧阳荣誉增光添彩。溧阳广播电视台及其“光影人”用光影追寻记录着他们的光辉业绩，让人们尤其是溧阳人聚焦星光，在深感荣耀的同时，深究并体味着溧阳的精神文化底蕴。

社会主义建设事业中，外地溧阳人精英辈出。有的是群体精英。传说中的新疆溧阳村，经采访组的长途奔波，终于找到了，而且，这是一群独特的由第一代533名溧阳人以及第二、第三代溧阳籍人形成的庞大溧阳人群体。第一代溧阳人从50年代支边开始，在十分艰难困苦的条件下默默地为祖国的边疆乃至国家建设事业做出了巨大的贡献，受到新疆人的崇敬，值得溧阳人为溧阳村骄傲，我们可以自豪地说“还有一个小小溧阳在新疆”。在享誉国内医学界的顶尖专家、江苏省人民医院的白衣天使中，就有溧阳“四把刀”，他们是江苏省人民医院副院长王水、普外科主任医师张峰、肠胃外科主任徐泽宽、微创外科主任孙跃明。一提起治病救人，这“四把刀”，足以让溧阳人为之骄傲。我国入海深潜7062米的“蛟龙号”潜水器的16人技术中心团队中就有邱中梁、程斐、汤国伟之“溧阳三兄弟”，他们为我国深潜作出的贡献已经在我国“深潜”事业中打下深深的烙印。无独有偶，在我国“神舟”上天宏业中，被誉为“海上科学城”的远望三号航天测量船的船长就是2011年中国航天基金奖的获得者溧阳人兰秀凯。还有，在“旮旯里干琐事”的沟通中国和缅甸的一座无形桥梁的“外交明星”宋秀英，在被称为“万里长江第一坝”的葛洲坝电厂任厂长的教授级高工符建平，在教育界默默耕耘、以“塑造和健全人的灵魂为己任”、以自己的作文天才惠泽千万学子的教育专家姚卫伟教授，小山村走出来的科技英才、首届中国十大软件领军人物施水才，等等！等等！如此多当代外地工作的溧阳英才，不仅丰满了溧阳的文明元素，更在于为实现“中国梦”奉献了溧阳人的智慧；不仅是溧阳人的荣耀，更是全社会的骄傲。

当然，溧阳的荣耀也是历代溧阳精英铸就而来。溧阳广播电视台特别聚焦历史，用光影追寻记录历史人物，激发人们对历史人物的敬重和敬仰，并由此加深人们对溧阳厚重历史和耀眼人事的认识、认同和赞赏。湖南平江人钟期光上将，在抗日战争时期任新四军江南指挥部政治部副主任，与溧阳结下了不解之缘。将军逝世后，家属按照他的意愿，将他安葬在溧阳西山烈士陵园。这应该是将军默认他战斗过的溧阳为第二故乡的催人泪下的举动。这既是平江人的荣光，也是溧阳人的荣光。中国美术教育先驱、曾任浙江省美协副主席的艺术大师姜丹书，不仅以红柿、黄山、天台等犹如一座座艺术丰碑之丰厚画作名垂青史，还撰写出版了中国第一部系统的教材《美术史》等。诸如此类之历史上非凡之溧阳英才，可以说数不胜数，他们在溧阳历史上的光辉，就像组成银河系中的闪烁之星，积淀并昭示着溧阳辉煌厚重的历史。

正因为此，溧阳人有着荣耀历史的情怀。

我相信，随着溧阳广播电视台光影事业的发展，历来外地溧阳人的辉煌人生将被不断完整和完美的记录和宣扬，从而使记忆中的溧阳荣耀将永远荣耀溧阳。

其实，溧阳广播电视台及其“光影人”追寻和记录的不仅是人物、故事、业绩等等能激发溧阳人自豪感的天南海北溧阳人的闪闪发光的业绩，更是系统挖掘和深刻探讨了激励后人的精、气、神。

从已经追寻和记录的天南海北溧阳人来看，他们有着共同的与时代同步的精、气、神，都有着崇高的人生境界。他们中有的虽因各种客观条件，失去了跨进高校门槛的机会，但是，照样通过自身的努力，创造出高端业绩。仅有中专学历的我国测量雷达总设计师史仁杰，早先凭借他每天坚持5小时自学专业知识以及生命不息、奋斗不止的顽强精神，成为我国航天雷达领域的“雷达之子”，获得了“全国五一劳动奖章”，并受到党和国家领导人的接见。只有初中文化水平的北京“四季海星”电梯工程有限公司总经理宋海荣，通过打拼，硬是从一个普通电梯安装工，发展成为以“我们会做得更好”为经营理念并赢得同行和社会广泛赞誉的龙头老大电梯工程的总经理。他们中有的坚韧、执着，以不达目地、誓不罢休的气概争取事业的成功。溧阳籍资深美籍华人、动漫大师狄亚铭，在其从小镇到大城、从中国到美国，又从美国到中国的曲折和跌宕的人生经历及其事业中，围绕动漫事业“除了执着，还是执着”，付出常人难以想象的每天坚持十几个小时工作量的艰辛，取得了“游戏”、“影视”事业的辉煌。他们中有的视奉献为人生最高价值。安徽省立儿童医院首任院长、著名儿科医师冷志勤，一身奉献儿科医学和医疗事业，并因此享受国务院政府特殊津贴。他将奉献作为人生最大的乐趣，73 岁退休后还一直坚持为患者治病，且越发积极和努力，为此，他颇有感慨地说，“但得夕阳无限好，何需惆怅近黄昏”。这是多么主动的人生，多么高尚的人生。

天南海北溧阳人的活力永驻之精、气、神，其实是溧阳精、气、神在与时代同步中更完善更深刻意义上的凸显。我相信，随着溧阳光影事业的发展，溧阳精、气、神将会越发完整地展示在世人面前，越来越激发出人们尤其是广大青少年的向上、向前的不断进取精神。

值得点赞的是，溧阳广播电视台及其“光影人”在反映天南海北溧阳人贡献于经济社会发展过程中，深刻地揭示了经济社会发展的精神动力。

“光影人”在记录影像的同时，透视并阐释了经济社会发展过程中体现在天南海北溧阳人身上的奋进理念及其精神力量。在已经光影记录的成就卓著的包括视溧阳为第二故乡的外地人在内的溧阳人的一个共同特点是爱国及其所产生的为国奉献的动力。他们有的为了国家的新生和富强而甘愿付出自己的一切才智，就是牺牲自己也在所不惜。老一代革命家王直将军、钟期光将军、粟裕将军等为国家为革命铸就了枪林弹雨下的可歌可泣的辉煌人生，贡献出了自己的青春乃至一生。王直将军的信念代表了老一代革命家的心声和力量，即命运可以夺走一切，却无法夺走心中对自由与美好的向往。这是多么伟大的精神力量啊！在外地经营成功的溧阳人中间，创业、创新、创造是他们开创新天地、获取新成就的必有之路和实践成功的动力。正因为坚信“创造是伟大的力量”，才有狄亚铭辉煌的“游戏人生”。在外地的溧阳人，在个人与社会、个人与国家关系的处置中表现出了崇高的道德境界，并由此激发出了崇高的服务于社会、奉献于国家的道德理想及其所形成的不断进取的力量。我国著名高原植物专家、西藏高原生物研究所所长、国家有突出贡献专家、国务院政府特殊津贴享受者倪志成曾说，“要用先进的思想、文化、技术来服务社会、回报社会，不能只顾着自己”。应该说，他的人生成就及其为社会和国家做出的贡献是与他的人生信条密切相关的。“雷达之子”史仁杰，仅中专学历，经过奋斗，能成为中国航天领域里的泰斗式的人物，这应该得益于他的“只有战胜自己，战胜惰性,才会有所成就”的崇高道德境界和道德力量。

溧阳广播电视台及其“光影人”所追寻和记录的天南海北溧阳人的爱国、创造、敬业等等的精神境界,在着力推动国家富强、社会进步的进程中,作为一股强大的精神动力,展示着溧阳人的崇高精神追求及其人生动力。

在追寻天南海北溧阳人的记录中,总让人动容的是外地溧阳人的家乡情结与魅力。他们不管走到哪里,血脉里始终流淌着家乡的血液。

光影记录里有许多人物的家乡情结让人记忆犹新。如北京美络科技有限公司董事长、IT精英黄春鹏,他始终认为,自己拥有一切都与家乡分不开,那里有他刻骨铭心的回忆。为此,他一直寻求回报家乡的机会。画家刘禾生,家乡的山水始终是他创作的主题,《天目湖夕阳》《南山秋胜》等作品,无不渗透着他对家乡的思念和向往。我相信,只要“光影”追寻处,就有溧阳人的耀眼的家乡情结的涌现。

由是观之,就光影记录的部分外地溧阳人

来看，独特的“溧普话”或“普溧话”、好一口“溧阳扎肝”和“笋干烧肉”等等还只是外地溧阳人家乡情结的生活表征，其实，他们的思乡、为乡的心理和理念已经形成为一种独特的溧阳精神。有的以为家乡和家乡人服务、办事为荣，并深感服务家乡父老是一种精神享受；有的利用各种机会宣传家乡这和谐美丽的苏南城市，以至于引来众多的参观者或投资者；有的已定居外域，还倾力支持家乡建设，等等。这些深厚的家乡情结的举动，溧阳人都由衷地认同和赞赏，以致每一个溧阳人都会说“这就是溧阳人”，并不时地流露出“我们溧阳人”的骄傲。

难能可贵的是，溧阳广播电视台及其“光影人”在追寻“溧阳记忆”过程中，创制了意义非凡的“溧阳记忆”，成了“光影记忆”不可多得的重要元素，也就是说，溧阳广播电视台及其“光影人”创造和创作的“光影记忆”深化和完善了“溧阳记忆”。他们在深究溧阳人物、溧阳形象、溧阳荣耀、溧阳精神、溧阳文明的同时，创制了溧阳文化发展中值得溧阳人骄傲的“光影记忆”。

记录溧阳之美。溧阳之美，观光者无不赞叹。但溧阳之美用光影最能集中展示。仅溧阳广播电视台主管的《溧阳时空》每期发表的溧阳美景照，就足以表达溧阳是世界上最美的地方之一。诸如《溧阳时空》第15期上的以主题为“云蒸霞蔚秀南山”、第18—19期上的以主题为“锁在深闺人未识”等系列摄影作品，更是将溧阳梦幻般的美景表现得淋漓尽致，似乎溧阳人生活在“仙境”之中。

记录祖国之美。溧阳广播电视台及其“光影人”在追寻天南海北溧阳人过程中，利用光影独特效果，倾力宣传祖国的大好河山。在他们的光影记录中，我们可以从特殊的视角更进一步体会到祖国之博大与秀美。从新疆、甘肃到福建、海南，从大西北到东南沿海，从各地美景到各方美行，光影记录着他们对祖国大好河山的认知和热爱，同时，记录着他们的艰辛和执着。溧阳老乡一定会为之投去赞美之眼神。

记录伦理之美。溧阳广播电视台及其“光影人”在追寻天南海北溧阳人过程中，始终把自觉学习和践行英模的思想和品德置于心中。为此，他们在不畏艰难、走遍大江南北精心寻访天南海北溧阳人的同时，真诚协作，共克艰难，获得了一项又一项的成功的光影成果。尤其值得称道的是，他们在他乡路遇民房失火时，奋不顾身地参与灭火，在当地人的心中留下了深深的记忆。一点好事，足以说明“光影人”精神的阳光与崇高。

溧阳广播电视台及其光影事业已经与溧阳人的精神世界和幸福指数的提升息息相关，诚祝溧阳广播电视台及其光影事业越来越辉煌！

（原载《溧阳时空》2014 年特刊）

别样风范昭示溧阳之为溧阳

——写在2016年第17个记者节

我不是记者，是同样有着行业节日的教师，也正由于此，我总是以特殊的情感关注记者节；也由于我是溧阳人，家乡情结牵引我始终关注家乡记者的风范，因为他们的辛劳是我这个在外40年的游子不断了解溧阳、读懂溧阳的重要依据。

人们常说记者是“无冕之王”，这应该主要针对记者的坚持正义、弘扬正气，监督风尚、完善德性，揭击时弊、遏制邪恶等等来说的，其实，由此而铸就的别样风范也展示了记者“无冕之王”之品质。事实上，我从家乡记者的别样风范中深切体会到“记者之为记者”的角色意蕴，并进而不断透视“溧阳之为溧阳”即溧阳特有“精、气、神”的深刻内涵。

记者“霸气”。记者之“霸气”是因为他们总是立社会潮头，观天下大势；他们没有到不了的地方，且跟谁都能对话；他们能透视新闻事件的背后，解读其内在特质。从家乡记者的身上可以看到记者的“霸气”是“霸”在绝对的第一时间报道市委、市政府的决策与政策，及时让老百姓知悉市委、市政府的新政及其关注发展和民生的举措，为提振广大民众的信心发挥了不可替代的力量和作用。“霸”在专业精通，用犀利的眼光透射新闻。“美音溧阳”的追踪宣传报道可谓是其经典案例，它不仅在市内，而且在国内乃至国际都产生了重大影响，让人们从特殊的视角和更广的维度认识和体验溧阳的内涵和精髓。“霸”在有着安抚人心、稳定社会的特殊功能。前不久关于市检察院以“捕诉监防维”为一体，建平台、搭载体，努力探索未成年人犯罪预防特色教育的“溧阳模式”取得了有积极成效的报道，为许多家庭乃至全社会发出了真诚关心爱护下一代的积极信息。最近一篇关于"'丸子＋鞭子'打造服务发展新常态"的报道中说，市纪委制定出台了《支持溧阳经济开发区上兴新区建设若干措施》，将纪检监察工作与地方发展大局相对接，充分发挥"丸子＋鞭子"作用，着力营造风清气正的发展软环境，给真正干事创业的党员干部打消顾虑，趁早吃下"定心丸"，提早拉起"防护网"，以便放开手脚做事，大胆改革创新。这篇报道不仅说明市纪委给干部吃下了"定心丸"，而且报道也让老百姓看到了希望，踏实了心情。

记者"大气"。记者之"大气"在于乐于付出、甘于奉献，且不求回报。我深切地感觉到家乡记者的工作是真正的24小时全天候，因为，我每天、每次打开与溧阳有关的网站，都有溧阳新闻的最新报道。尤其是，一旦遇到灾害，救灾的场合或人群中一定有家乡记者的身影。今年溧阳的洪灾现场，记者们满身汗、一身泥的景象着实让我感动了一番，他们在记录抗洪救灾场面的同时，何尝不是也在以特殊方式奋力抗洪救灾。同样，今年 7 月下旬，家乡记者关于“烈日下的‘烤’验”的报道说，7 月 25 日中午 12 时，我市社渚镇和高淳区桠溪镇（交界）239 省道的柏油马路上，记者实测地表温度已经超过 50℃的温度计显示上限，爆表了！而在这条路上的市交警大队社渚中队老交警汤国民已执勤 3 个多小时。记者采访他时他说，“现在气温很高，但我们必须坚守岗位，配合施工。哪怕中午不施工的时候，我们也必须在施工地点执勤”。这其实也是记者以自己实际行动报道了顶烈日、战高温、坚守岗位采访宣传崇高劳动者精神的崇高劳动者精神。这种体现家乡记者“大气”的不是报道的报道屡见不鲜。

记者有“骨气”。记者之“骨气”体现在宣传、发扬社会正能量过程中，职业责任会促使他们理直气壮地报道先进典型，旗帜鲜明地树立道德榜样，同时，不畏艰险、鞭挞邪恶也成为他们传播正能量的重要手段。溧阳市于今年 8 月 10 日隆重举行抗洪救灾总结表彰大会，对溧城镇党委政府等 59 个单位授予“抗洪救灾先进单位”荣誉称号，对李翔等 129 名同志授予“抗洪救灾先进个人”荣誉称号，给予马祥中等 10 名同志特别表扬。记者报道再一次加重抗洪救灾精神的“笔墨”，大力弘扬英勇的抗洪精神，激励人们为建设“强富美高”新溧阳而努力奋斗。曾几何时，家乡记者在报道城市脏、乱、差方面可谓不讲情面，也因此引起了相关方面的重视和行动。前不久关于“杨家院小区：部分地段环境脏乱居民盼尽快解决”的报道就得到相关方的关注和处理。所以，城市治理有他们的功劳。据我了解，家乡记者不怕“鬼”，也不信邪，遇到社会问题以及有问题之事和人从不绕道走，不仅总要弄清楚是否曲直，还会采取一切可能且正当手段，或是暗访、或是反映、或是直接参与解决需要解决的问题，这其中，许多记者还当了“无名英雄”。

记者有“灵气”。记者之“灵气”体现在新闻报道中，他们要客观描述事件或如实反映事项，但客观上他们又均有着特殊的职业灵感，即透视本质、举一反三、预测未来等等。我从家乡记者身上看到了记者的灵气，也因此看到了溧阳人的聪颖和才智。当我看到关于杭州G20峰会上惊艳的“溧阳元素”的报道后，真为家乡自豪，为溧阳骄傲。其实，这也激发了溧阳人对“溧阳元素”开发、利用和宣传的激情，我想这也是记者报道之题中应有之义。也是，要不是为了报道之外、题义之内的启迪或震慑作用，记者就不会利用各种媒体不断地报道似乎已经是旧闻的被诈骗新闻。我还注意到，家乡记者关于一些案件审理和审判的新闻报道，其实记者并不只是为报道而报道，很大程度上是为遏止犯罪行为而报道，是为普及法律知识而报道。同样，关于“‘假日妈妈’关爱留守流动儿童”的报道，不仅告诉人们溧城镇东升社区成立了来自机关、学校、企业等不同单位的“假日妈妈”志愿者队伍，她们怀着乐于奉献的爱心聚到一起，通过一对一结对帮扶、集体活动等形式，关心关爱社区留守流动儿童，而且报道客观上还展示了当今社会的良好的道德风尚。因此，记者新闻报道真可谓是灵气十足的“一石多鸟”的意义非凡的工作。我是从事哲学伦理学教学和研究工作的，家乡的关于“道德讲堂”的系列报道，我更是十分关注，我尤其注意到记者报道“道德讲堂”的新闻，更多的是从道德教育方法和内容的创新去提示和宣传的，实为难能可贵。从家乡记者身上让我看到记者既是懂经济、政治、文化、社会等等的“杂家”，更是善于透过现象看本质的“哲学专家”。

记者是天底下最阳光、最神圣的职业。记者尤其是家乡溧阳的记者的别样风范深深地吸引着我，并使我始终近距离“碰触”、体验家乡的精、气、神，享受着家乡的美好气息。我很羡慕也很敬重他们。衷心祝愿可爱的“老记们”节日快乐！

（原载《溧阳时空》2016 年第 11 期）

小议“杨朱”

先秦道家杨朱，其思想观念在我国思想发展史的早期可谓是独树一帜，留下了重要的一笔，以至于孟子不仅慎于叙述他的独特的思想观念，而且把他和墨子相提并论。然而，杨朱并没有传下著作和文章，他的思想观念，只见诸于其他典籍的记载。而其中影响最大的思想是孟子所说：“杨子取为我，拔一毛而利天下，不为也。”(《孟子·尽心上》)其他典籍的记载一般与孟子的交待大同小异。至于后来《列子·杨朱篇》中的思想观念，也只能看作后人对杨子思想观念的拓展而已。这就是说，杨朱的寥寥数语决定了他的思想史地位，并使之流传百世。

在此尚且不论杨朱思想的是与否，所有的思想史著作只要涉及杨朱思想都会给予评说。我在此只是想从另一角度说明，一个人的人文社会科学研究，能否在思想文化发展史上添上一笔，说的俗一点，是否能留名，这不取决于写了多少书和文章，而要看当事人有多少独特见解或有创见的科学的新思维、新观点。有些人虽著作等身，但只是"炒冷饭"或做文字游戏，思想文化发展史不会留下其无聊的文字踪迹，到头来其所发表的所谓文章或著作都只是废纸、文字垃圾。有的学者，虽著作或文章甚少，但通过潜心研究字字闪光，句句达理，创新价值凸显，实践意义非凡。我想，这样的人和思想必将会在思想文化发展史上烙下深深的印记，并不断发挥着独特思想的促进文明发展的作用。

当然，一些著名思想家、政治家等，既有思想，又著作等身，那是最好不过了。在中国，这样的人越多越好。不过，达不到这种程度和水平，宁做杨朱，也决不做制造"文字垃圾"的所谓的"名人"。

也许杨朱从没有想到他的只言片语会成为中国思想史的重要印记，同样，也许今天的“摇笔杆子”的人们，有的想不到，虽言语不多，但今后可能会成为中国思想史上的影响深刻且深远的人物；有的想不到，虽“著作等身”，但只是废纸一堆，生前徒有虚名，身后落得个“无聊之辈”甚或“不学无术”、“不学乱说”的“骂名”，真所谓“竹篮打水一场空”，最终“烟消”在“浩荡”的历史长河中。

漫谈学术创新与评价

若干年来，我国的学界在感叹和追问，社科界为什么形成不了与我国国际地位相匹配和与十三亿人口相当的数量的学术大师。其实，究其根本原因之一是我们的一些学术理念离真正的学术、学术行为与学术本真相去甚远。

何谓学术？这似乎被学术界视为无需探讨的不是问题的问题。然而，如果不对这一基本问题做出深入的思考和清晰的回答，就可能会出现学术不像学术、学者不像学者的现象，进而导致理论研究要么不知所云、空洞无物，丧失在经济社会发展中的话语权；要么形而上学，误导经济社会发展；要么理念畸形，损伤学术和学术进步;要么自我陶醉,沉浸在毫无价值的废纸堆和文字垃圾堆中,等等。因此,当我们试图开始学术思考之时,需要首先厘清最能体现本真学术的学术本质和学术评价。

创新是学术之本质。学术的精髓、学术的核心精神、学术研究的目的、学术研究的生命力在于创新。学术研究过程就是学术创新过程,离开了创新就无所谓学术。然而,何为学术创新?学术创新是对事物本质及其规律作科学、深刻、系统和简明的陈述;是对已有观点更广更深意义上的理论研究;是对社会生产、生活实践的深层次学理透视;是对抽象理论的应用性和操作性研究;是对现实经济社会问题的解释和解决;是对理论观点在争议和商榷基础上的进一步明晰,等等。换句话说,创新要上述哲理、下接地气,传承与批评并存,赞赏与商榷同在。当然,真正的创新经得起时间和历史的考验,只有真正的学术创新才能在经济社会发展中发挥重要的作用,也才能在思想文化发展史上留下印记。那种不着边际的、没有理论和实践意义的“忽悠式”的所谓理论研究和把简单问题复杂化的所谓学理透视，是学术上的故弄玄虚，与真正的学术相去甚远，在一定意义上是在制造文字垃圾，与学术无关。

哲学社会科学的学术创新离不开马克思主义的指导。至今为止，惟有马克思主义的历史唯物主义理论才是指导哲学社会科学学术创新的科学理念和方法论。坚持马克思主义的辩证法思想，我们才有可能科学地揭示并阐释经济社会发展的客观规律；坚持马克思主义的唯物史观，我们才有可能真正地正确地解释社会公正、平等、自由、民主等等理念；坚持马克思主义的人道主义观、道德观，我们才能真正认识到惟有逐步“使人的世界即各种关系回归于人自身”（马克思语），才有可能建设和谐社会；坚持马克思主义的社会发展观，我们才有可能在理论和实践的结合上，不断推动经济社会的快速发展，等等。那种认为马克思主义是意识形态，它既不是科学也不是社科方法论的论调，其本身就是西方意识形态理念，而且，抱有这种观念的人是不可能有真正的学术创新的，因为这本身就不是科学的态度，没有科学的态度就不可能有学术创新。当然，我们主张坚持马克思主义为指导进行社科研究，并不是不要外国的具有积极意义的理论和方法。其实，善于吸收各种优秀的思想文化和科学方法，这本身也是马克思主义历史唯物主义思想体系中的应有之义。

学术的创新需要学术评价，没有正常的学术评价就没有完美的学术创新和发展。科学而有效的学术评价在我国目前尚为“短板”，为此，如何进行学术评价是当今我国学界需要研究的课题。学术评价不科学，推进学术繁荣将会遇到许多障碍。学术需要包括评奖在内的学术评价，但是，时下的学术评价往往受多种人为因素的影响。在一定意义上会不会经营和利用各种“关系”，往往是能否获得各级各类荣誉或奖项的关键，因此，没有时间和实践检验的所谓的学术荣誉和奖项、或者没有具体指标和依据的所谓评奖的颁奖，只能作为一种学术水平的评价参考和学术激励的权宜之计。历史对学术的评价是公正的,对于有些人和有些成果来说,历史会证明其获得的所谓的奖状和荣誉证书在本质上是不值钱的废纸。如何开展学术评价?其一,学术评价需要赞许和认同,这是学术发展和学术成果发挥作用的重要环节。但学术评价更应当有包括平等商榷基础上的学术批评,惟有理性学术批评才有学术繁荣。不过,当前我国的学术批评还处在很不成熟的初级状态,没有形成良好的学术交流态势。主要表现在:要么在某个领域偶尔有之,没有成为普遍的学术常态;要么不是基于平等的学术探讨,而是没有逻辑依据的恶意攻击;要么唯我独尊,对于与自己不同的观点和方法一概否定,等等。这些问题严重阻碍了我国学术批评的正常发展。事实上,真正有价值的学术批评是学术活动的最好形式之一,它可以促进科学观念的形成,推动学科理论体系的完善和发展。可以说,真正的学术批评的全面展开之日才是我国学术繁荣之时。其二,学术评价可以评奖,但真正的哲学社会科学学术价值绝对不是成果尚没有被检验其价值的评奖评出来的，更不是吹出来的，而是需要经过历史和实践的检验。因此，诺贝尔经济学奖等评奖（评价）中就十分强调对时间和效果的关注，坚持遵循“贡献人类最大利益”的原则。事实上，我国学界有识之士也早就说过，历史上的学术大家并不是评出来的，更不是靠别人吹出来的，尤其不是几张奖状或荣誉证书能说明的，而是在经历漫长的文化沉淀和社会历史检验所凸显的。为此，有的学者建议经过一段时间的沉淀和检验再评价或评奖会更有针对性、更到位。就我国目前情况来看，科学理性的学术评价和评奖，至少应该关注以下几点：一是研究成果要力求有时间和实践的检验，二是作者要公开说明成果的创新观点及其理论和实践意义，三是要坚持专家评审成果和学界公开审阅成果相结合，四是要与同学科其他人的历时性和共时性成果进行比较，五是要说清楚成果存在的问题，六是务必要有客观具体的可以对照的依据和标准，等等，这样可以尽可能避免评价或评奖的偏颇甚或错误。

当然，哲学社会科学学术创新是科学活动，是严肃的，无需也不应该以感情来评判或下结论。但是，客观上有少许所谓学者，总认为自己搞的学术是最好最尖端的，大有哲学社会科学之学术大家“舍我其谁”的感觉。而对于他人的研究成果却不屑一顾，甚至大有一棍子打死的气势。其实，学术应该是互谅、互补、互助的，而理性的学术批评是学术互谅、互补、互助的最好路径。尤其是在今天的坚持学术创新的背景下，集体乃至集团式的学术攻关是学术创新的必由之路，这更需要理性意义上的学术探讨、交流和合作。

既然学术评价的核心依据是学术创新，因此，学术水平并不在于著作、文章等成果的数量，而在于有没有创新成果和创新思想。有人一辈子只研究一个概念或一个命题，只有一两篇学术论文或一两本学术著作，但由于其创新成就和在经济社会发展中的显著作用，照样能成为学术大家，其成果照样能成为传世之作。相反，有的人尽管著作等身，文章数百上千，而且有的所谓成果看似艰深、读来晦涩，但是，由于缺乏创新，结果只能是一堆搬弄来搬弄去的文字垃圾，甚或以所谓新思想理论来误导人们的言行。

要指出的是，学术创新与学术思想传播之间存在明显的区别。学术思想传播主要是指仅仅停留于传播古今中外的某些学术观点，或者在叙述某思想家、学者的观点时进行重新组合、简繁增删等，而没有提出新的或更深入的观点。我认为，时至今天，学术思想的传播仍然是必要的、必须的，但不能将这种传播等同于学术研究。只有在学术思想传播基础上对他人学术思想的创新研究，才能真正被视为学术研究。否则，我们对传统的所谓研究只能停留在“炒冷饭”的境界；我们对西方思想的所谓学术研究只能停留在“追尾”或“传声筒”的水准，甚至会因母语语言和各国文化的因素和差异而变成“小儿科式的搬弄”。

学者尤其要清醒认识的是，学术的影响和地位不是靠“奖”、“捧”、“评”或“吹”出来的，学术的社会影响和学术的历史地位是学术史中形成的，是学术史的事，而学术史只留存“大浪淘沙”后的经得起时间检验的思想家及其创新学术成果。换句话说，学术经典是由历史证明的，思想史是由真正的思想者及其创新思维和创新理念铺就的。

下篇

和妻子郭建新教授与罗国杰先生

与导师唐凯麟先生

中国伦理学会经济伦理学专业委员会成立大会 2010 年在南京师范大学召开

“中国经济伦理思想通史研究”开题报告会合影

“道德资本实践与评估指标”企业家座谈会合影

"21 世纪文化中国的商业伦理"论坛合影

应邀在日本作主题为"道德资本与企业经营"的学术演讲

在英国伦敦亚洲会馆国际经济伦理学学术酒会上作主题演讲

与美国著名经济伦理学家乔治·恩德勒教授学术对话后合影

与美国著名哲学家艾伦·吉伯德教授学术对话后合影

与德国著名经济伦理学家彼得·科斯诺夫斯基教授学术对话后合影

与日本经营伦理学会会长高桥浩夫教授在东京合影

王小锡自选集<<道德资本与经济伦理>>研讨会合影
2009.11.14

《道德资本与经济伦理》(自选集)出版研讨会合影

与美国著名经济伦理学家理查德·T. 狄乔治教授在第六届 ISBEE 世界大会上

与西班牙著名经济伦理学家阿莱霍·何塞·G. 西松教授在第六届 ISBEE 世界大会上

道德是什么

关于"道德是什么"的问题，在学理上是有关道德概念的本体论之哲学追问。

对道德本体的研究和阐释存在多种维度，在我看来，需要从道德主体寻求切入点并展开哲学分析，进而揭示道德之应该即人或行为主体的道德责任的深层缘由。

历史上影响最大、争论最多且最接近于道德本体探究的是关于道德依据的"应该说"。正如我国著名伦理学家、中国人民大学资深教授宋希仁在《马克思恩格斯道德哲学研究》一书中所说："没有对'应当'的自觉和理论认识，就没有科学的道德哲学和科学的发展观。"这就是说，建构科学的道德哲学，其最为基础性的概念就是对“应该”(“应该”、“应然”、“应当”三词，在伦理学理论应用中，其涵义基本一致，但是，“应该”一词更多地内含情理上的必然和必须之意涵，故更接近于道德的内在特质，所以，我习惯在文章和言语中用“应该”一词)的正确认识和把握。我始终认为，如果不对道德依据即人立身处世、集体生存发展之“应该”进行深入的透视，我们对道德的认知就将始终难以深入，停留在浅显的表象层面，势必影响在社会实践中充分地体现“本体”或“本真”意义上的道德，发挥道德的社会实践功能。

历史上许多思想家，不管是唯心主义者还是旧唯物主义者，他们对道德之应该的本体论追问要么坚持唯心的所谓“辩证法”，要么陷入解析道德的形而上学泥坑，难以给予科学的解释。宋希仁在他的《西方伦理学思想史》一书中分析了沙甫慈伯利、康德的观点，他指出，近代英国伦理学家沙甫慈伯利对道德上的善恶起源提出了道德感的观点，认为，人天生具有一种能感悟道德善恶的“内在感官”——“道德感”，人的这种内在的道德感，能够感觉出情感合意与否的样态及行为美丑善恶的性质，因此，人们对道德的价值判断是人的内在感官的直接感悟。德国哲学家康德认为，道德价值及其道德法则不能建立在感性经验的基础上，而必须建立在人的理性本身的善良意志的基础上，即认为，善良意志不是因人的感觉善而善，即不是因快乐而善、因幸福而善、因功利而善的道德善，而是因其自身善而善的道德善。尽管诸如此类的似乎不同理路的道德解释都力图在寻找道德存在的依据，但是，道德缘何存在，并不是人的感觉或善良意志所能逻辑地说明清楚的。以“应该”之辩证法视角探讨道德依据即作道德本体论追问则更进一步拓展了这一认识，最具代表性的是德国哲学家黑格尔。他在他的《法哲学原理》一书中认为，道德是作为具有普遍意义的“自己在我自身中是自由的”那种自在的“应该”，是“自然的定在”。但他又说，作为主体的人又不同于主体，“因为主体只是人格的可能性”，人其实“是被规定了的东西”，这个被规定了的“规定”，就是自在定在的“自身自由”的道德转变为“主观意志的法”，即所谓的“抽象法”，它既是“自为地存在的自由的道德”自身，又是实现“自为地存在的自由的道德”的手段，“所以法的命令是：‘成为一个人，并尊敬他人为人’”。然而，道德自身或称“自在道德”与作为主体的人的道德是有距离的，因为，由于抽象法带有主观性，它难以与自在的道德“应该”实现同一。为此，黑格尔试图让道德与抽象法在伦理阶段实现统一，他说：“伦理是自由的概念。它是活的善在自我意识中具有它的知识和意志，通过自我意识的行动而达到它的现实性；另一方面自我意识在伦理性的存在中具有它的绝对基础和起推动作用的目的。因此，伦理就是成为现存世界和自我意识本性的那种自由的概念”。简言之，“主观的善和客观的、自在自为地存在的善的统一就是伦理”。黑格尔明显地把道德与伦理分开的同时，又试图让道德与抽象法在伦理阶段实现统一，并认为，“单纯志向的桂冠就等于从不发绿的枯叶”，强调，有了“主观的善”，“一个人必须做些什么，应该尽些什么义务，才能成为有德的人”，这就是“伦理性的东西”。这是黑格尔在对道德作本体论阐释中超越康德的地方，也是具有一定的思想合理性。但是，实现“伦理性的东西”即主观意志与行为的统一，这是黑格尔的一厢情愿，在私有制条件下，在唯心主义的视域中，道德的“应该”和“实该”的统一是不可能真正实现的，更何况“现存世界和自我意识本性的那种自由的概念”，其本身有一个社会依据及其逻辑理由的合理性问题。其实，黑格尔思想的问题是，由于时代局限和唯心主义的思维方式，因此，他不可能科学地弄清道德依据及其缘由，更不可能清晰地阐释道德自身就是“应该”和“实该”的统一体。事实上，“应该”如果不内涵着未来必然出现的“实该”要素，这样的“应该”是没有意义的，尽管黑格尔认识到了“单纯志向的桂冠就等于从不发绿的枯叶”。

不管如何抽象地理解道德，道德仍然是属于现实世界，并成为社会的重要组成部分，因此，只有按照马克思历史唯物主义观点，从社会历史尤其是社会关系中来寻找道德的依据，才是唯一可走的正确道路。

道德是指人“立身”、“处世”的客观的应该及其所体现的责任和规范。为此，我们有必要以人为切入点去认识人的存在理由及其责任缘由。

何为人？人之为人，强调的是人的存在的合理性问题。那么，人的存在合理性是什么？古希腊哲学家苏格拉底说过，人是理性动物。《孟子》中说，“仁也者，人也”，即《论语》中所言，“己欲立而立人，己欲达而达人”，“己所不欲，勿施于人”，才是真正的人。也就是说，人的存在的合理性在于人讲道德、有理性。亚里士多德指出，在这世界上，没有任何东西比理性更属于人了。正因为人是讲道德、有理性的，所以，人与动物的根本区别在于人是自觉的存在，自觉性是人之为人的重要依据。

既然人的存在的合理性体现为讲道德、有理性的人的自觉性，那么，人的自觉性又是如何体现和展示的呢？历史唯物主义告诉我们，人的自觉性体现在对人和人际关系的正确认识和把握。即是说，人的存在的合理性和自觉性内在特质是人对人类所特有的人之关系性的认识和把握。

人之关系性本质上即人的社会性。事实上，社会为人的存在提供了基础和依据，同时为人的生存和发展提供了最基本的条件。而社会本质上具有“过程”特质，它是永恒的不断发展着的自然历史过程，决定于并受制于社会的每一个人“天生”或“注定”有责任为社会的发展做出自己的贡献，应该为社会的发展不断注入自己应该注入的“要素”和“力量”。否则，在伦理学的意义上，人就将失去做人的资格。社会上那些玩世不恭甚至不惜损伤他人和社会利益的缺德之人，不是合格意义上的人，甚至将是人之不配。所以，人对其自身所面对的社会负责是人自身合理、自觉存在的前提。这就是说，人之为人在于按社会生活中的客观之“应该”所体现的责任和规范即道德要求立身与处世。

我们所说的道德之“应该”所体现的规范要求有其自身的独特性，它不同于带有“角色意蕴”和“利益意蕴”特质的道德规范。尽管对于一定的角色和利益群体来说，体现为规范的特定的“应该”都是以“应该”理由出现的，即是说，体现“应该”的规范都是以合理的姿态即“应该之应该”的面目问世的。然而，经济的、政治的、法律的、宗教的“应该”及其所体现的规范只能是一定社会的群体、阶层和阶级等等的“应该”及其规范。尤其是在阶级社会中，“应该”及其规范都有阶级的烙印。马克思指出，“人们按照自己的物质生产率建立相应的社会关系，正是这些人又按照自己的社会关系创造了相应的原理、观念和范畴。所以，这些观念、范畴也同它们所表现的关系一样，不是永恒的。它们是历史的暂时的产物。”(《马克思恩格斯文集》第1卷，2009)而“以往的全部历史，除原始状态外，都是阶级斗争的历史”，因此，在阶级社会中，“应该”都有阶级的烙印。“人们自觉地或不自觉地，归根到底总是从他们阶级地位所依据的

实际关系中——从他们进行生产和交换的经济关系中,获得自己的伦理观念。”(《马克思恩格斯文集》第9卷,2009)

而科学的道德之“应该”及其规范,不同于政治、经济、法律、宗教之“应该”及其规范,它不代表某一群体、阶层和阶级等的角色和利益,除非某群体、阶层和阶级等的角色或利益代表着社会历史发展的方向,故体现为科学道德及其道德规范之“应该之应该”其本身就是“应该”的。换句话说,这“应该之应该”的“应该”不受任何因素的制约,是一种“必然”。所以,科学意义上的道德是“应该的应该之应该”,是道德本体及其道德规范之客观依据。

同时,需要说明的是,道德主体是个人,也是集体。由于集体是各个人之个体组成的,各个人之个体的生存样态,也直接影响集体的生存样态和质量,因此,作为国家、民族、单位等道德主体的集体也要承担应有的对个人对社会的客观的道德责任。我们国家治理中的“创新、协调、绿色、开放、共享”的发展理念,经济发展和社会管理中的“民生至上”和遇到灾难“救人第一”的人本理念，就是国家对国民责任尤其是道德责任的集中体现。所以，道德也是指集体生存、发展的客观的应该及其规范。同时需要说明的是，人自身是社会的一分子，道德要求人们要对社会和社会关系负责，这就意味着，每一个人也应该对自己的生存和发展负责，关爱自己，完善自己。说实话，一个不注意立身为人、对自己不负责任的人，就不可能有对他人、对社会、对国家负责的道德境界。

这样看来，我们所说的道德就是个人立身处世与集体生存发展的“应该的应该之应该”的“人格化”。

既然我们所说的道德是人立身处世与集体生存发展之“应该的应该之应该”，并明确提出要对社会（集体、共同体）、对他人、对自身负责，那么，这样的道德不可能仅仅停留在哲学分析或哲学理念层面，惟有“应该的应该之应该”及其所体现的道德规范与人的完善和人际关系的和谐达到统一甚或有机同一，我们所说的道德应该才有真正的实际意义，道德之为道德即本体论意义上的道德才是可能的或现实的。

这也就是说，本体论意义上的道德其实就是人立身处世与集体生存发展之“应该”实现本来样态即理性样态下的道德。

马克思认为，道德就是要“使人的世界即各种关系回归于人自身”(《马克思恩格斯文集》第1卷，2009)。他指出，虽然“任何解放都是使人的世界即各种关系回归于人自身”，但是，真正把所谓“人的世界即各种关系回归于人自身”，并不是靠资产阶级革命带来的“政治解放”来实现，而只能靠无产阶级革命所带来的“社会解放”来实现。当然，尽管这是经典作家讲的社会主义高级阶段和共产主义的道德目的，但适用于现在对道德理性样态的深刻理解和把握。

所谓把“人的世界”“回归于人自身”，可以从以下几点来理解：一是指人们应该具有崇高的道德境界，真正认识到人作为人而存在着的本质在于认识到人之特性即社会关系性，人的存在与对社会、对他人、对自己的责任同时并存且相互统一。二是指在理想的社会中,“个人的独创的和自由的发展不再是一句空话”(《马克思恩格斯全集》第3卷,1960),而且,这“个人的独创的和自由的发展”应该是在个人应有能力基础上的聪明才智的充分发挥及其创造。三是指“与人相称的地位”,即“每个人都能自由地发展他的人的本性”,过着“能满足一切生活条件和生活需要的真正的人的生活”(《马克思恩格斯全集》第2卷,1957)。这里的人的本性应该是与马克思所构想的共产主义社会的人的道德理性样态即共产主义社会的“应该的应该之应该”相一致或相统一的人之为人的理由和要求。当然,在现时代,“真正的人的生活”应该是有尊严的、条件合适的、愉快的生活。四是劳动已经不再是谋生的手段,而是变成了生活的第一需要。在现阶段,劳动尽管还不可能成为生活的第一需要,但事实上,人们已经开始把劳动当作愉快的生活之一和健康的重要条件等。换句话说,人们已经开始逐步向劳动是生活的第一需要的生存状态趋近。

从某种意义上说，回归人的世界就是回归人的关系，因为人的世界是由人、人的关系组成的。在马克思主义看来，之所以把“各种关系回归于人自身”的原因是由人的本质决定的，因为在马克思主义的视阈中，“人的本质不是单个人所固有的抽象物，在其现实性上，它是一切社会关系的总和”（《马克思恩格斯文集》第 1 卷，2009）。即是说，人是处于“既有的历史条件和关系范围之内的自己”（《马克思恩格斯文集》第 1 卷，2009），“人的本质是人的真正的社会联系”（《马克思恩格斯全集》第 42 卷，1979）。

简言之，人是关系性的范畴，因此，把“人的世界”“回归于人自身”就意味着必然地要求把“各种关系”回归于人自身，所以，马克思的“使人的世界即各种关系回归于人自身”语句中的“即”用得是多么的辩证和深刻。当然，“各种关系回归于人自身”即人类理想共同体的实现，又是实现“人的世界”的条件，因为“只有在共同体中，个人才能获得全面发展其才能的手段，也就是说，只有在共同体中才可能有个人自由”（《马克思恩格斯文集》第1卷,2009)。

在这样的共同体中,没有贫富差别、没有高低等级、没有剥削、没有压迫、没有歧视等等,社会和谐将成为社会生活常态。

因此,“人的世界”和“各种关系”在“回归于人自身”过程中是统一的,也是同一的。

其实,“使人的世界即各种关系回归于人自身”的道德及其目标,蕴含着道德主体应该承担的责任和需要履行的规范。惟有承担应该承担的道德责任,按规范行动,才能实现人的完美和建成和谐共同体。坚持和崇尚真正的自由,才能实现全社会的一切人的自由,并形成真正的自由人的联合体;坚持人格和利益平等,才能让人有尊严地劳动和生活,才能激发人们的劳动和生活积极性;坚持扬善遏恶、伸张正义,才能创建和谐的社会生活环境,实现人的世界即各种关系的回归,等等。进而言之,每一个社会成员能够理性对待生活现实,自觉履行应该履行的社会道德责任,一切言行有利于社会的和谐稳定和经济的快速发展,实现“人人为我,我为人人;我为人人,人人为我”的伦理生态文明,这样的国家、民族和集体,无不兴旺发达、经久不衰。

由是观之,马克思的“使人的世界即各种关系回归于人自身”的命题是我们主张的道德即“应该的应该之应该”的规范体现和目标实现。因此,“人的世界即各种关系回归于人自身”的社会就是道德化的社会。社会主义社会是不断趋向和逐步实现“使人的世界即各种关系回归于人自身”的社会,因此,社会主义社会也是动力强劲的社会。

那么,如何才能使得人立身处世与社会生存发展之“应该”与“实该”获得真正的统一或同一,并不断地“使人的世界即各种关系回归于人自身”,逐步实现道德化的社会。答案只有一个,那就是行动。真所谓“道不可坐论,德不能空谈”(《习近平谈治国理政》,2014)。事实上,惟有行动,道德之为道德才能真正实现,本体意义上的道德才具备真正的道德意蕴;惟有人人“知德”、“敬德”、“践德”,“人的世界即各种关系回归于人自身”才有可能真正实现。为此,古希腊哲学家亚里士多德在他的《尼科马科伦理学》中说:“合乎德性的行为,本身具有某种品质还不行,只有当行为者在行动时也处于某种心灵状态,才能说明是公正的或节制的。第一,他必须是有所知,自觉的;第二,他必须有意识地选择行为的,而且是为了行为自身而选择的;第三,他必须在行动中,勉力地坚持到底。”我国宋代朱熹的《朱子语类》从另一种角度指出:“知、行常相须,如目无足不行,足无目不见。论先后,知为先;论轻重,行为重。”因此,道德行动的本身即内涵着“致知”、“明德”。这就是说,只有坚持知与行的统一,且人人“知德”、“敬德”、“践德”,才能真正实现德之为德,即本真意义上的道德。

要人人知德。惟有知善恶,才能树立正确的荣辱观,才能不断增强趋善扼恶的自觉性。首先要像普及法律一样来普及道德,使所有民众不仅知道社会生活中的善和恶以及道德规范是什么,而且都能懂得人和社会为什么需要道德。当然，不能忽视的重要前提是，要想让道德的宣传教育起到理想的效果，还应该重视提升人们的文化水平，让人们在知其然同时又知其所以然中提升道德觉悟。同时，但凡一个道德觉悟及道德水平高的人或集体，其不仅深知何为道德和为什么需要道德，而且熟知系统的道德规范体系，因此，现阶段需要在加强道德理论和道德规范的研究和阐释的同时，深入推进道德的宣传和教育工作。惟有理论先行，知德才能知到位。

要人人敬德。道德是人立身处世与集体生存发展的要求，也是社会生活的基本方式和内容。缺少道德，人生、集体和社会将是不完整和不完美的，甚至将是被扭曲的非理性的。要通过促进养性修德，养成全社会尊德、敬德的良好风尚。尤其要加强积德荣誉感和缺德羞耻感的培育，要在继承和弘扬传统美德、建设社会主义道德的同时，理直气壮地反对腐朽没落道德，反对道德麻木，反对缺德行为，使得全社会扬善遏恶、敬德积德蔚然成风，这也确是敬德的题中应有之义。当然，敬德更重要的是养成敬畏道德的习惯，而敬畏道德即一是要在任何时候任何情况下坚守道德底线，不敢、不愿有违背道德的言行，及时纠正不适合道德要求的举动；二是要自觉履行应该履行的道德责任，并进而以“慎独”展示敬德的最高境界。

要人人践德。亚当·斯密在《道德情操论》中说过：“完美的品质，存在于指导我们的全部行动以增进最大可能的利益的过程中，存在于使所有较低级的感情服从于对人类普遍幸福的追求这种做法之中，存在于只把个人看成是芸芸众生之一，认为个人的幸福只有在不违反或有助于全体的幸福时才能去追求的看法之中。”这就是说，德之为德在行动，否则，“人的世界即各种关系回归于人自身”将永远不可能实现，那个人的德、集体的德、国家的德、社会的德，也将德将不德。事实上，道德在本质上需要行动，离开了行动，道德就是“空中楼阁”。就我国现有道德建设的状况来看，科学、有机的社会道德实践体系尚没有完美形成，在一定意义上是我国道德建设的“短板”，因此，也在一定意义上影响着社会践德正常而有效的展开。为此，当务之急是要有践德的战略思路，要有宏观目标，要有社会道德实践的统筹规划；同时，要有切实的践德战术路径，要动员人们积极参与志愿者服务、爱心互助、绿色行动等具体的道德实践活动，促使践德成为人人生活的一部分，让不可或缺的道德要素支撑完善的人和社会完美发展。事实上，正如美国伦理学家麦金太尔在《追寻美德》一书中简评亚里士多德对诸美德的解说时说的，“诸美德的践行本身就是对人类来说善的生活的一个至关重要的组成部分”。

综上所述，道德“应该”，或称道德之“应该的应该之应该”是道德的客观依据；“使人的世界即各种关系回归于人自身”是道德的理性样态和崇高目的；道德行动是道德之为道德的前提和根本，因此，本真意义上的道德是人立身处世与集体生存发展之“应该”和“实该”的统一体甚或同一体；道德之应该的逻辑回归其实就是“应该的应该之应该”意义上的道德通过行动回归于自身的道德。为此，道德是指不断地回归于应该的人立身处世与集体生存发展的价值取向及其行为规范和自觉行动。

（原以题为“论道德之应该的逻辑回归”载《道德与文明》2016年第3期，《新华文摘》2016年第21期、《伦理学》2016年第8期、《社会科学文摘》2017年第1期分别全文转载。收录本书有删节）

何谓德性

严格意义上说，德性在伦理学理论体系和日常话语背景中是中性词，它体现为道德主体的品质和道德认知、道德践行的境界及德行习惯和趋势。换言之，德性可以体现为善的德性和恶的德性。不过，在惯常的理论话语中，“德性”一般被界定为体现道德主体卓越品质的崇高道德境界和善行习惯与趋势。本文在研究中也以此种习惯理论话语中的德性概念即“善的德性”分析和阐释相关理论问题。需要说明的是，有时（特别在一些思想家或研究者的著作中）德性和道德、美德、品质等范畴在一定的话语背景中会在同等或相通意义上使用。

中外思想家历来重视“德性”一词，他们从各自不同的视角定义了“德性”概念。

德性即善行或善性。在一些思想家或学者那里，德性指的就是道德境界和道德行为。我国先秦儒家学说创始人孔子思想中的德性即为仁义。《论语》中说，“志士仁人，无求生以害仁，有杀身以成仁”，仁者，“爱人”，“克己复礼”、“己所不欲，勿施于人”、“己欲立而立人，己欲达而达人”。通过这些表述可以看出，孔子思想中的德性体现为一种“推己及人”的品格。宋代思想家朱熹在《朱子语类》中认为德性即为“灭私欲，明天理”。而《大学》中的德性即是“在明明德，在亲民，在止于至善”。具体体现在由格物、致知、诚意、正心、修身、齐家、治国、平天下之八德目构成的道德境界上。古希腊哲学家亚里士多德则认为，德性就是控制欲望，追求至善。换言之，德性是人们通过理性控制欲望和情感追求至善的行为。亚里士多德认为，情感和行为有过度与不及的可能，而过度与不及都足以败坏德行。因此，德行应以中道为目的，最终达到人生真正的幸福。当代美国道德哲学家麦金太尔在德性问题上主张回到亚里士多德，对亚里士多德的观点作了现代意义上的诠释，正如宋希仁在《当代外国伦理思想》中指出的，麦金太尔依据自己对亚里士多德德性思想的认识和分析，指出德性是指支持人获得实践的善的生活关系及其追求生命整体性的善的生活的崇高品质。

德性即智慧或行为规范。有的思想家或学者依据德性之特点，侧重从知识、智慧和规范角度把握德性的内涵。我国战国末期思想家荀子认为德性即为礼至，他在《荀子》中说："人之所以为人者，非特以其二足而无毛也，以其有辨也。夫禽兽有父子而无父子之亲，有牝牡而无男女之别，故人道莫不有辨。辨莫大于分，分莫大于礼。"因此，《荀子》还认为，德性即为"隆礼"，正所谓"法之大分，类之纲纪也。故学至乎礼而止矣，夫是之谓道德之极"。宋希仁在《当代外国伦理思想》一书中指出，古希腊哲学家苏格拉底强调德性即知识，并坚持认为，诸如勇敢、节制、正义等道德规范知识就是追求有德性的幸福生活,对这种幸福生活的追求使得灵魂处于完善的、真正为人们所期望的状态。该书还认为,依据当代美国著名伦理学家罗尔斯对善和正当的判断。可以认为,在罗尔斯那里,善的德性是指依据某一有关主体的知识、能力及境况以及依据他做出那一行为或使用那一事物的目的与意图都是合理的,并且,这些目的与意图是人们承认合理并都会同意的原则。

德性即良心与良知。在中外思想史上,一些哲学家或学者把德性视同良心与良知来思考问题。我国宋明心学的开山祖陆九渊是典型的德性即是良心论者。《陆九渊集》中说:“仁义者,人之本心也。孟子曰:‘我固有之,非由外烁我也。’愚、不肖者不及焉,则蔽于物欲而失其本心;贤者、智者过之,则蔽于意见而失其本心。”德国古典哲学创始人康德是西方德性良知说的代表人物。康德在他的《道德形而上学原理》中指出,德性就是人们对善良意志的追求。他认为,“在这个世界之内,甚至在这个世界之外，除了善良意志，不可能设想一个无条件的善的东西”。进一步而言，康德认为善良意志之所以善良，是因为它本身就是善良的，具有无可估量的内在价值。所以，尽到努力后哪怕效果不尽如人意，它的无可估量的内在价值依然存在。

德性即实现个人的快乐或完善。一些思想家或学者主张以个人为本位来把握德性概念。荷兰哲学家斯宾诺莎在他的《伦理学》中指出，每个人都爱他自己，都寻求自己的利益，并且都力求圆满实现自己的利益。因此，他认为，“保存自我的努力乃是德性的首先的惟一的基础”，“我们不能设想任何先于保存自我的努力的德性”。

德性即自由。法国哲学家萨特是德性即自由论的代表人物。萨特在其存在主义思想体系中是这样认为的，即由于人就是自由的，所以人的自由是人的价值之所在，是人的德性之所在。

德性即实现社会的理想、达到社会的完美。有的思想家或学者从德性是付出和奉献的理念来把握德性概念。万俊人在《现代西方伦理学史》(下卷)中指出,英国哲学家格林在其道德哲学体系中一直坚持以人类共同善为本位。格林认为,“人的善在于对人类理想的贡献,而人类的理想则又在于人的善”,因此,德性就是体现为“共同善”的至善或绝对的善,即与人类和社会的完善之一致性的善。同时指出,奥地利哲学家弗洛伊德把超我当作德性的代名词。他认为,超我是一切道德限制的代表,是追求完美的冲动或人类生活较高尚行动的主体。弗洛伊德的超我德性所趋向的目标既非个人内心的心理世界,也不是人的内外统一的现实世界,而是超越个人的理想世界。

德性即人的良好品质。有的思想家或学者把德性视同于人的良好品质或品格。我国民主主义的革命家孙中山认为,德性即为善良的人性。美国实用主义代表人物杜威的德性思想视角独特。他认为,德性不是行为的记录,也不是规则的汇集,而是由各种价值观念或价值所唤起的接近和关注人的本性的活动,是不断“生长自身”、完善品格的行为(参见万俊人著《现代西方伦理学史》下卷，1992）。日本哲学家西田几多郎在《善的研究》一书中认为，“所谓善就是满足自我的内在要求；而自我的最大要求是意识的根本统一力，亦即人格的要求，所以满足这种要求即所谓人格的实现，对我们就是绝对的善。”由此，我们不难发现，在西田看来，“意识的根本统一力”就是理性要求，“理性的要求，就是指更大的统一要求，也就是超越个人的一般的意识体系的要求，也可以看做是超越个人的意志的表现”。

德性即无德。我国春秋时期道家思想的创始人老子崇尚清净无为，他在《老子》中认为，德性是无知无欲无所求，所谓“含德之厚，比于赤子”。

通过对中外思想史上德性概念的梳理，可以看出，思想家或学者们关于德性概念的理解和把握，与他们的思想体系及其特点密切相关。各不相同的语境和基本思维定势，使他们对德性的界定有的区别明显，有的大同小异，有的则说法不同而理念一致。总体而言，这些具有代表性的观点为我们正确理解和把握现代意义上的德性概念提供了重要的学术资源。

参照中外历史上对德性概念的理解和阐释,联系当代的理论视角和思维特点,我认为德性一词是内涵丰富的综合性概念,可以从以下几个主要维度来把握。

德性是人的德性,是人群体的德性。纵观中外思想史上关于德性一词的表述,思想家或学者们一般把德性仅仅理解为个人或个人行为之德性。其实,除了个人或个人行为之德性外,凡道德主体均有德性。诸如,大到人类的德性、民族的德性、国家的德性、地区的德性等等,小到学校的德性、企业的德性、家庭的德性、某个团体的德性,等等。

德性是一种崇善的境界。德性体现为道德主体高尚的价值取向。作为美德之德性所依托的行为,既不是偶然之行为,更不是盲目之行为,美德之德性体现的行为一定是在善意支配下的自觉行动。比如,一个企业的德性应该体现在企业从产品的设计、生产到销售都能主动地想用户所想，对用户负责；企业利润应该是建立在为社会造福、为人类造福基础上的正当的回报。一个国家的德性在于坚持科学发展、真诚关注民生、力保社会和谐、全面增强国力、维护领土完整等等。

德性是知识和智慧的理性存在方式。可以说，没有知识和智慧的道德主体，往往是缺乏精神的盲目、落后的主体。苏格拉底的知识即美德的命题尽管有其片面性，但从一定的角度来理解这一命题，不能不说是智慧的命题、道德的命题。假如行为主体不能明确道德为何物，即不知道自身（各类道德主体）的存在及其存在意义，不知道自身的角色及其价值取向，不知道与他人和社会的关系及其关系价值等等，那就是德性知识的缺失，也就意味着该主体没有德性目标，更难以产生德性行动。

德性是持久的品质。某一道德主体的德性一定是在崇善精神及其信念支配下已形成习惯的道德行为。因此，德性不是一时一事的举动，也不会因主客观条件的变化而变化。作为持久品质的德性，其最高道德境界是“慎独”；作为持久品质的德性主体，是人作为人而存在着、人为他人和社会而存在着的自觉的主体。

德性是履行体现应该的行为规范体系的行为。德行的依据是一定的行为规范体系，这客观上也就成了德行的评价标准。因此，培养人们善的德性，首先应当深刻认识一定社会历史阶段体现“应该”的道德规范体系，同时，应通过宣传教育和道德实践的引导，使得符合现阶段发展要求的道德规范体系成为人们的行动指南和行为标准，从而真正使德性成为规范认同和履行中的德性，成为善的德性。

综上所述，德性是指一定社会的道德主体在崇善的道德境界支配下为实现道德理想而自觉履行道德义务的持久品质。

谈经济德性

为什么近几年国产奶粉的市场份额在减少,制奶企业大多境况不佳,而洋奶粉要么挺进中国市场,要么吸引中国客户跑进外国市场。这里的根本原因是中国有的奶业企业忽视甚或缺失作为经济灵魂的经济德性。

经济有没有德性问题,在学界有着不同的看法。有的经济学家认为,经济就是投入、产出、效益等物质及其数量概念,与道德或德性无关。甚至有经济学家由此指出,经济学家关注或研究道德或德性问题是狗拿耗子多管闲事。还有的明确强调,经济就是经济,道德就是道德,等经济发展了再谈道德问题也不迟。在伦理学界，也有学者认为，经济讲利，道德讲义，是风牛马不相及的两回事，甚至认为道德或德性沾上经济，要么美化了经济，要么亵渎了道德。诸如此类观点，都是学科交叉理念缺失的体现，是亟待纠正的一种偏见。

经济是有德性的。德性和经济德性是什么？德性一般是指一定社会的道德主体在崇善的道德境界支配下为实现道德理想而自觉履行道德义务的持久品质。进而言之，经济德性是经济行为的价值取向及其所体现的崇高境界，是经济主体的道德素质与人格修养，是经济活动中应该承担的道德责任，是理性、持久的经济品质。因此，经济德性是经济与道德的耦合体，是经济与道德关系的合理存在样式。说到底，经济德性是经济的灵魂。为此，经济德性既是经济发展的重要资源和依据，也是科学认识经济及其规律的不可或缺的核心内容。

认识经济需要有德性视角。诺贝尔经济学奖获得者阿马蒂亚·森在《伦理学与经济学》一书中曾指出，经济学与伦理学的分离已经导致了福利经济学的贫困化,也大大削弱了描述经济学和预测经济学的基础。随着现代经济学与伦理学之间隔阂的不断加深,现代经济学已经出现了严重的贫困化现象。阿马蒂亚·森是在说明,离开或缺乏经济德性理念,经济学将会是贫困的,加以引申,离开或缺乏经济德性理念,经济也将是不发达的。反观我国的经济学研究,不难发现,经济学理论总体滞后于经济发展,有的经济学家在一些重要的经济现象面前要么失语,要么发表不着边际的空洞的评说。这不能不说与忽视或缺少德性视角有关。事实上,正如德国著名经济伦理学家科斯诺夫斯基在《伦理经济学原理》一书中所说,对经济理论和道德伦理之间的界限根本不能做严格的界定,因为一般的经济行为与这两种理论必定都有联系。因此,惟有充分的经济德性视角,才能深刻地认识经济和经济规律。

经济发展不可缺少经济德性。因为,经济德性意味着经济行为主体具有时代所要求的经济道德理念、经济品质和劳动积极性,有着经济德性的经济行为主体,其行动必然影响到包括生产、交换、分配、消费在内的经济行为的全过程。经济主体在生产、销售、服务、享用过程中将会以理性态度对待经济行为的各个环节,使得经济发展成为和谐经济,并由此提升全社会生产和生活的道德化程度,真正实现经济社会的和谐发展。同时,经济行为最直接的目的是物质利益,然而,如何创造或实现物质利益,即物质利益实现过程采取的手段和运用的途径是什么,是十分复杂的经济行为工程。经济德性是所有经济行为的标杆,只要坚持经济目的与道德目的相一致,坚持道德理念与物质理念的统一,坚持以道德规范为行动准则,物质创造过程一定会是理性、快速和高效的。再者,经济德性就是经济关系范畴,它是经济领域各种关系尤其是利益关系的协调与和谐的道德要求与道德习惯。在经济活动中,经济行为主体均有自己的行为目的,而且各种经济目的之境界及实现目的的手段与方法、目的呈现形式、目的的功用都有着不同的内容,甚至有着本质的差别。

有些差别是无碍大局的，甚至是经济发展的特色和条件。但是，有些差别则体现为竞争各方损人利己的不正当经济理念和行动。如果任由这些理念和行动存在，势必影响竞争各方的利益，最终也必定影响经济行为主体。经济德性有着协调各种经济活动并使之实现双赢或多赢的功能。事实上，大凡经济发展顺利的单位或地区，往往已经形成公正、公平、诚信、协作等经济德性并发挥着在利益各方的协调和促进作用。正如有学者说，“唯有基本的品德能够为人际关系技巧赋予生命”，也唯有经济德性才能使各种经济利益关系的和谐成为可能。

（原载《中国社会科学报·哲学版·学者个人专栏》2013年12月9日版）

漫谈道德力

道德力乃经济社会发展之基础力和核心力。

事物的力就是力量,事物的功能是可能或潜在的力量,事物的作用是力量的形成和表现。而且,作为事物功能的可能或潜在力量一定意味着能发挥作用的力量,否则,事物的可能或潜在力量就不能成立或没有意义;同时,事物作用的发挥意味着它有着体现可能或潜在力量的功能,否则,事物的作用没有依据。由是观之,道德作为特殊的社会存在,有其特殊的功能和作用,道德力与道德同在。又因为,道德是人之为人的合理性的依据,是人之完善之精神资源,忽视甚至缺少道德，人难以成事，经济社会发展也将会失去正能量。

事实上，道德存在就是一种力。道德存在的理由只有一个，即它有用，它能发挥自己特殊的作用力。一方面，人之为人在德，道德决定人作为人的存在。没有道德何从识人，又何从谈人。另一方面，力的存在体现在力量的发挥及作用的形成，大力、强力、好力等等则体现在力量的最佳发挥和作用的最好形成。我们常说的“人力”、“物力、“财力”等等，离开了道德，这些所谓的力就无法展示出来，甚至会变成负面力量，影响正能量的力的存在。就拿“人力”来说，人的力量的形成需要人有知识、有技能、有好的体质等等，但是，人若没有基本的道德觉悟和高尚的人生价值取向，丰富的知识、高超的技能、良好的体质也不能发挥应有的作用，在这种情况下谈人力还有意义吗？再看“物力”，“物力”之力在于“物”的有用性和耐用性，而这取决于人们在认识“物”和制造“物”的过程中的道德境界和道德投入，即取决于在多大程度上符合人性和人际利益交往的需求。离开了道德,“物力”无法体现。至于“财力”,“财力”的大小仅仅表现为金钱的数量吗?显然不是。因为,钱多不一定就说明有“财力”,如果投资不合理,甚至违背理性、挥霍浪费,钱多不仅不能说明“财力”,反而可能成为社会有机体的“腐蚀力”。当然,如果投资理性、合理,那就能展示财力。因此,“财力”的形成和发挥需要道德的支撑。人类发展史告诉我们,社会的存续和发展,始终离不开道德的引导和协调。可以想象,一个缺乏道德的社会,将会是乱象丛生、矛盾重重、幸福指数极低的社会。因此,人类社会不能没有道德,道德始终伴随着理性社会的生存和发展。

在经济领域,道德也是生产力。历史唯物主义认为,“生产力当然始终是有用的、具体的劳动的生产力”,它是由“物质生产力和精神生产力”构成,而且物质的生产力依靠精神的生产力才得以成立或形成。然而,道德是精神生产力的基础和核心内容。这是因为,生产力的核心要素是劳动者,而劳动者的道德觉悟直接影响他们的劳动目标和劳动态度，最终直接决定劳动成果和生产力水平。就制造一个具体的劳动产品来说，如果劳动者负责任地全身心投入，不仅能够保证产品质量，而且可以实现最低消耗，客观上能够缩短单位产品的社会必要劳动时间而降低产品成本。

当今国人都在为实现中国梦而奋斗。而要实现中国梦还得首先做好道德理想之梦，惟有中华民族道德的真正觉悟，才能树立以中国人的人格和国格诉求为标志的具中国风格和中国气派的中国精神，才能真正实现中华民族的伟大复兴之梦。不具备基本的社会主义道德精神，中国梦将难以实现。党的十八大提出要着力推进我国社会公民道德建设工程，这将预示中国梦将会是中华民族腾飞之美梦。

（原以题为“道德力影响其他社会力量”载《中国社会科学报·哲学版·学者个人专栏》2013年12月2日版）

道德也是生产力

一切价值的创造归根结底都来源于劳动生产，对道德在经济活动中所起作用的考察必须从劳动生产出发，具体分析道德在劳动生产过程中如何体现经济价值，这是"道德生产力"提出的背景。

生产的发展是生产力的物质方面和精神方面共同作用的结果。精神生产在劳动过程中直接参与活劳动的对象化过程，这是理解"道德也是一种生产力"的逻辑前提。马克思认为，"生产力当然始终是有用的具体的劳动的生产力。"(《马克思恩格斯文集》第 5 卷，2009)这种生产力包括"物质生产力和精神生产力"(《马克思恩格斯全集》第30卷,1995)。而精神生产力是与物质生产力相对的一个概念,是由知识、技能和社会智慧等要素共同形成的力量(参见《马克思恩格斯全集》第31卷,1998)。物质生产力和精神生产力之间存在着辩证关系。一方面,生产过程中物质生产力的形成,有赖于精神力量的参与。马克思指出,“固定资本的发展表明,一般社会知识,已经在多么大的程度上变成了直接的生产力,从而社会生活过程的条件本身在多么大的程度上受到一般智力的控制并按照这种智力得到改造。它表明,社会生产力已经在多么大的程度上,不仅以知识的形式,而且作为社会实践的直接器官,作为实际生活过程的直接器官被生产出来。”(《马克思恩格斯文集》第8卷,2009)另一方面,物质生产力是精神生产力的物质载体。马克思强调,“人本身单纯作为劳动力的存在来看,也是自然对象,是物,不过是活的有意识的物,而劳动本身则是这种力在物上的表现。”(《马克思恩格斯文集》第5卷,2009)所以,没有人的作为“主观生产力”及其观念导向,生产力将是“死的生产力”,不能成为“社会生产力”。道德作为一种精神生产力,是活劳动的“主观生产力”,是物质生产力的精神支撑和价值灵魂。道德转化为劳动生产力的过程,不同于物质生产力转化为社会生产力的过程,不是以直接、显性的方式,而是以间接、隐性的方式,物化在劳动生产过程中,物化在活劳动的对象化产物上。

道德以精神形式渗透在生产力中,故道德是精神生产力。就社会形式来说,“任何生产力都是一种既得的力量,是以往的活动的产物。可见,生产力是人们应用能力的结果,但是这种能力本身决定于人们所处的条件,决定于先前已经获得的生产力,决定于在他们以前已经存在、不是由他们创立而是由前一代人创立的社会形式”(《马克思恩格斯文集》第10卷,2009)。这些“社会形式”作为人们在社会生产中的共同活动方式,无疑包括作为社会意识形式的道德。就劳动和劳动产品来说,“在劳动过程中,人的活动借助劳动资料使劳动对象发生预定的变化。过程消失在产品中。它的产品是使用价值，是经过形式变化而适合人的需要的自然物质。劳动与劳动对象结合在一起。劳动对象化了，而对象被加工了。在劳动者方面曾以动的形式表现出来的东西，现在在产品方面作为静的属性，以存在的形式表现出来”(《马克思恩格斯文集》第 5 卷，2009)。而劳动也好，产品也好，都是以动态或静态来体现的人的精神产物的外化物。恩格斯指出，劳动“还包括经济学家没有想到的第三要素，我指的是简单劳动这一肉体要素以外的发明和思想这一精神要素”(《马克思恩格斯文集》第 1 卷，2009)。在生产过程中，伴随着活劳动的物化，“发明和思想这一精神要素”也物化在劳动产品中。无疑，“精神要素”中包含有道德的成分。不过，凝结在劳动产品中的生产力的道德属性，不同于其他静态属性。道德不能直接塑造劳动产品的属性，只能优化属性的功能，并在一定程度上设计各类属性的组合方式，这实际上是根据一定道德价值来塑造人的需要的过程。因此，人的需要的合理性限度是确定道德向经济价值转化的合理性限度的依据。

道德是物质生产力的精神动力和价值支撑。首先，就生产力核心要素之人来说，道德上的“应该”能够引导人们不断实现理性的存在方式，同时，道德能够揭示人生的理性发展方向和社会的理性发展趋势。作为生产力第一要素的劳动者，只有遵循合理的道德要求，确立正确的人生价值观，才能适应社会发展的需要，以积极的姿态投入劳动生产过程。还有，作为品质和素养的道德，是影响劳动者的劳动观念、决定其劳动态度并进而形成精神生产力的根本性因素。没有基本的道德素养，作为生产力第一要素的“活劳动”就会是实际上的“死的生产力”。其次，就生产力的内部要素的关联来说，生产力是一个有多种要素结合在一起的综合概念，而且，各要素之间的结合关系说到底是人与人之间的关系，因此，生产力本身的发展也有赖于生产力内部各要素之间的合理联系和理性存在，即是说，劳动者与劳动工具、劳动对象如能实现合理的理性的结合，生产力才会正常发展。假如人成了作为劳动工具的机器的附属物，或者劳动资料和生产资源不属于劳动者，劳动者与它们是被动的、被迫的、不合理的结合，这样的生产力内部的不协调状况，势必会严重影响生产力的存在和发展。而要实现生产力内部各要素之间的合理联系和理性存在，就需要建立符合道德和理性要求的生产关系，更需要劳动者的道德认知水平和道德协调措施。不懂得道德为何物的人，也就难以把握自身与生产力其他要素的合理关系及其处置方式。因此，说到底生产力内部人与物的结合方式就是一定意义上的人与人关系的生存和协调方式，也是一种道德存在方式，且这一道德存在方式直接影响社会生产力的形成、发展和提高。

可以说，道德是现代化大生产条件下不可或缺的精神要素。作为伦理关系的价值取向和规则体系，道德普遍地存在于各种类型的社会生产过程中，对物质生产起着重要的不可替代的促进作用，正是在这种意义上，道德才能成为一种可以带来经济价值的精神生产力，即“道德生产力”。

道德生产力何以可能

我在 20 世纪 90 年代中期提出道德生产力概念以来，在学界一直争议不断。在这期间，由于讨论的不断深入，道德生产力的概念也越辩越清，虽然如此，质疑声也一直没有中断过，这有力地推动了这一学术理念的研究向纵深发展。对有关质疑，我再作回应，以进一步说明我的道德生产力观点。

解放生产力首先是解放人的思想，道德是解放人的思想的题中应有之义。有人认为，生产力是物质的，无需谈道德问题，更不存在道德生产力。其实，深刻领会邓小平曾经指出改革就是解放生产力的思想，不难看出，解放生产力首先是要解放人的思想，让人讲真理、讲真话，再进一步，更重要的是首先提升人的道德境界。没有基本的做人标准，没有崇高的价值取向，哪来讲真理和讲真话的勇气。而只有思想解放了，只有道德觉悟提高了，作为生产力核心要素的人的活力才能被充分激发出来，作为生产力标志的劳动工具也才能充分发挥其应有的功能，作为生产力重要条件的资源（劳动对象）才能实现生态性利用。

道德生产力不是指道德直接转变成物质生产力。有人认为，道德生产力是把道德直接转变成生产力，也即意识可以直接成为物质。其实这是对道德生产力观念的曲解。讲道德生产力，仅仅是指科学意义上的道德是生产力中的重要内容或因素，在生产力的发展中起着特殊的作用力；同时，既然道德是既影响劳动工具作用的发挥、又影响对劳动对象的生态性利用的重要因素，这就意味着，道德作为精神生产力在作用于物质生产力过程中又起着社会劳动生产力的作用。具体说来，道德作为劳动生产力发挥作用过程中有其独特的功能和展示方式。其一,作为意识形态的道德,它一般不能直接渗透到生产力各要素中去发挥作用,但它可以影响劳动者,决定劳动者以什么样的姿态投入生产过程,以何种精神状态使得“死的生产力”变成劳动生产力;它可以影响劳动关系的存在方式,从而在一定程度上决定生产力内部要素之间的联系方式及其作用的理性程度。其二,作为人的品质或品性的道德,在人进入生产过程并发挥作用时,道德也就通过人成为了生产力要素。假如劳动者不具备基本的道德素质,人作为生产力第一要素在进入生产过程中处在被动状态,在发挥劳动工具和劳动对象的能量时,往往也是没有动力,没有目标,那作为“死的生产力”的工具(机器)不能最大限度或最好状态地激活。事实上,一个没有道德觉悟的人,一群没有团结协作精神甚至惯于内讧的人,必然会对社会生产力水平的提高和作用的发挥产生十分消极甚至破坏作用。

道德生产力的提出不违背物质决定意识的

唯物辩证法观点。有人认为，提出道德影响生产力发展，道德也是生产力。那么，决定道德的物质生产力就成了被决定，这是颠倒了物质和意识的关系。其实，物质和精神不等于生产力，即生产力不是物质和精神本身。同时，物质生产力和精神生产力不是可分离的两种生产力，事实上，讲精神生产力是强调生产力的精神因素，并不是把精神生产力当作独立的生产力来看待。我曾经提到，物质生产力只有作为精神生产力的科学、思想、道德等在进入生产过程并发挥作用时，物质生产力作为劳动生产力才得以成立；同样精神生产力只有进入生产过程并指导或影响物质和精神生产时才得以体现。为此，物质生产力和精神生产力是相辅相成、相互作用的两大生产力要素。这与物质决定意识不是一回事，并没有违背物质决定意识的唯物辩证法观点。而且，道德生产力强调了意识的能动作用，倒是强化了唯物辩证法思想。

对在生产力内部起到影响或促进作用的精神因素都可以当作生产力要素，而道德在精神生产力要素中是处在基础和核心的地位。有人认为,如果道德是生产力,那么,在经济领域起引导、约束等等作用的方针、政策、政治、法律、管理甚至哲学等等都可以是生产力。既然生产力必然包括精神因素,存在着精神生产力,那么,我们完全可以把方针、政策、政治、法律、管理甚至哲学等也看成是生产力的内涵或因素。当然,它必须是科学的理论或理念,同时也必须作用于物质生产力。要指出的是,尽管精神生产力可以是包括道德在内的多种表现形式,但道德与精神生产力的其他表现形式不同,道德有其独特的作用,尤其是社会主义道德作为一种理性法则或理性精神,它理应渗透在方针、政策、政治、法律、管理之中,不内涵社会主义理性法则或理性精神的方针、政策、政治、法律、管理是不可思议的,甚或落后、被动的。所以,我认为,道德是精神生产力之基础和核心要素,在一定意义上,道德生产力和精神生产力可以在同等意义上认识和使用。

当今时代,对生产力的理解已经不是传统

的物质视域下的理解。“生产力是物质的”之命题，只是在生产力的标志和生产操作的表象及其直接产品等特殊视角下的表述。其实，正如前面所说，生产力必然内涵精神因素，这与社会生产力概念在一定意义上是相通的，即生产力包括物质的生产力和精神的生产力，而社会生产力是指包括社会管理在内的物质和精神等全部生产性要素及其能力。为此，作为生产力或社会生产力的精神层面的道德，即道德生产力是经济社会发展的根本性动力。没有道德生产力理念，对生产力或社会生产力的理解和把握将会是欠缺甚或是错误的。

（原载《社会科学报》2013 年 11 月 7 日版）

道德可以为资本

自从我以系列文章阐述道德资本理论以来，理论界产生了至少两种不同的观点：一是认为道德资本缺乏存在的依据和可能，因而这一范畴不能成立；二是认为道德资本超越了道德目的论与道德工具论的二元对立，因此，这一范畴从终极性上揭示了道德的功能和作用。我始终认为，道德资本的存在有其充分的依据。不承认道德资本，也就不承认道德的经济功能和作用，也就从根本上排除了道德存在的理由。

道德在何种意义上成为资本呢？

道德是人性化产品设计的灵魂。经济发展速度或企业经营效益往往取决于企业的产品设计和产品质量。产品设计和产品质量决定了产品的市场占有率和销售速度,进而影响企业利润的实现及增长。进一步而言,企业的产品设计和产品质量通常受制于科学技术、社会文化和道德三个因素。一般来说,科学技术决定产品的适用、实用、耐用和好用等;社会文化决定产品的样式、美观度等;道德决定产品的人性化程度和价值指向等。在这三个因素中,道德对产品设计和产品质量起着决定性作用。原因在于,所有生产品都是为人的生产和生活所用,产品的样式和功能越是接近于人性需求(这里的人性需求指的是人的自然属性和社会属性的需求。就自然属性来说,人的身体及其生理对一定产品有特定的要求;就社会属性来说,人的社会活动要求产品有利于人的交往和社会生活质量的提高),即越是内含道德性,就越会受到使用者的欢迎。例如,中国目前可谓是世界第一大手机市场,近年来的市场竞争也愈加激烈。然而,一些手机品牌始终占据市场的主导地位,经久不衰地受到用户的青睐,市场占有率居高不下。其中一个重要原因在于,这些品牌手机的制造商不仅在功能和样式的研发上不断加大科技含量,同时也高度重视在设计和生产中体现消费者的人性需求,由此加大了产品的道德含量。又如,像三鹿等知名企业之所以一夜倒垮,根本原因是企业在产品的配方、生产和销售等环节漠视消费者的需求和安全,最终因产品的道德缺失而走向毁灭。这说明,产品的市场占有率往往取决于生产产品的责任心及其在产品中的道德含量。

道德是缩短单位产品个别劳动时间的重要因素。在产品制造过程中,由于生产技术和生产工艺的不同,尤其是生产过程所渗入的道德含量不一样,同类产品的价格成本所依据的社会必要劳动时间在不同的企业中有所不同。在信息化程度越来越高的今天,生产技术和生产工艺的趋同程度越来越高,趋同的时间越来越短。由此,如何缩短单位产品的个别劳动时间已成为企业间竞争的关键。可以说,谁缩短了单位产品的个别劳动时间,谁就能够在市场竞争中赢得主动、获得利润并最终成功。在这里，单位产品个别劳动时间的缩短，很大程度上依赖于产品制造过程的道德渗入。“泰罗制”式的生产管理尽管因大大缩短了单位产品的社会必要劳动时间而一度被奉为管理“宝典”，然而，此种管理方式从根本上说是漠视甚至摧残人性的。这种摧残人性的所谓“科学管理”，不仅影响劳动者的积极性、主动性和创造性，更造成劳动者与企业主之间关系的紧张甚至对立。由此，关系摩擦过程中的劳动者始终处于情绪不稳、心理失衡、消极怠工等不良工作状态，必然影响产品生产过程中形成最佳生产运作态势，这又在客观上增加了单位产品的社会必要（或个别）劳动时间。正因为如此，随着时间的推移，这种缺乏道德内涵的管理方式逐渐被更加人本化的管理方式所取代。在现代化大生产的条件下，任何企业的产品制造都是一种社会行为，都需要良好的社会协作才能最大限度地缩短单位产品的社会必要（或个别）劳动时间。显然，这更有赖于社会整体道德水平的提高。正如美籍学者弗兰西斯·福山在《信任——社会道德与繁荣的创造》一书中指出的，一个国家或地区能否形塑有效合理经营的企业组织和经营形态，是其经济能否持续发展的关键要素，这种企业组织的形成取决于表现该社会内部成员之间信任程度的“自发社会力”的高低。应当看到，在现代生产条件下，企业与企业之间既有竞争也有合作，但是，企业只有相互建立合作与信任才能真正实现双赢。企业与企业之间的诚信合作，可以消除因信息封锁、无谓摩擦和相互拆台等因素造成的生产成本增加。正因为如此，有一些学者提出，道德能降低市场交易的成本，促进经济的增长。可以说，在现代生产条件下，要缩短单位产品的社会必要（或个别）劳动时间，获取更多利润，道德是不可或缺的重要条件。

道德是市场信誉之源。毋庸置疑，信誉是企业的生命，是企业产品市场占有率不断提高的重要依靠。然而，企业信誉的获得不仅要靠产品的技术含量和文化品位，更要靠以诚信、责任为核心的企业道德水准。用户购买了某一品牌的产品,是基于对该品牌的信任。在使用过程中,用户信任度的提高和信任感的持续往往取决于该产品的道德含量和产品售后服务承诺的兑现程度。可以说,大量中外企业以自身的繁荣或衰败验证了企业道德与市场信誉之间的这种正向关联。如果企业在产品设计和生产过程中真诚地面对用户,最大限度地满足人性化需求,以达到用户生活和生产的最佳目的,在销售和服务过程中始终兑现承诺,做到诚信销售和诚信服务,必然会在赢得市场信誉的同时不断扩大市场占有率。反之,即便是国际或国内著名品牌,如果在产品设计、生产、销售和服务中出现偷工减料、以次充好、夸大功能和空头承诺等道德缺失问题,就会导致企业市场信誉的毁损,并带来产品销量的下降和企业利润的减少,更可能因此葬送企业的前途。曾几何时,某国际著名汽车品牌因在我国市场售后服务中缺乏责任意识,导致接连出现客户或在大庭广众面前用铁锤砸毁自己的该品牌汽车,或用毛驴拖着自己的该品牌汽车游街，致使该品牌的声誉受到严重影响，在我国市场销量直线下降，最后惊动总部出面处理问题才扭转危机。即便如此，该企业市场声誉和经营效益的恢复仍然经历了相当长的一段时间。可见，道德责任意识是企业的精神支柱，道德承诺和道德举动是企业获取市场信誉并获得更多利润和效益不可或缺的重要因素。

道德是激活有形资本并提高资本增殖能力的重要条件。资本的本质特征在于运动，资本只有不停地运动，才能实现价值增殖，否则就不能称其为“资本”。在资本运动的过程中，道德能够通过激活人力资本和有形资本促使价值增殖。首先，道德能够加快有形资本的运行速度。道德通过组织制度的道德化设计以及对人的潜能的激发，盘活有形资产，实现资源的优化配置，从而提高生产效率。从一定意义上说，改革开放以来我国的企业制度改革，正是社会主义道德要求在企业制度建设中的具体体现。通过企业产权制度的改革，使国家、企业和个人之间的利益关系更加清晰、公正和合理，由此，人的积极性得到充分的发挥，资源的利用率和利用效果达到了最大和最佳状态，企业经济效益快速增长。其次，道德还可以不断地物化并渗透在有形资本当中，通过企业信誉和核心竞争力等形式，形成资本存量，提高有形资产的附加值。一个充分担当道德责任的企业，其市场信誉将会极大地提升，这有利于企业产品市场占有率的提高，也势必增加企业有形资产的附加值，并最终增加企业的利润。最后，道德能够通过对经济主体品质、素养和境界的提升而激活人力资本，从而成为企业利润增加乃至整个社会财富增长的资本性资源。具备积极的人生价值取向和优秀的职业道德素养的劳动者，才能够真正成为生产活动的“第一要素”。正是在这一意义上，道德资本与人力资本无论在学理层面还是实践层面都有着密切的内在关联。

道德是理性消费的引导或约束力量。无论是生产消费还是生活消费，都是对物质和精神文化财富的消耗。然而，缺少道德引导和约束的消费会成为无度的消耗和浪费，是造成生态危机、环境恶化的重要原因。理性消费就是道德性消费，具体表现为低碳消费、适度消费、生态消费等消费理念和消费行为。就低碳消费来说，它能够通过最大限度地减少消耗、降低碳排放，对人类生活、生产环境起到重要的保护作用。就适度消费来说，它倡导合理地提高消费水平，既反对过度消费和奢侈性消费，也不主张吝啬性消费或滞后性消费，从而以适当的“度”寻求人类生活水平提高与环境保护之间的平衡点。就生态消费来说，它反对对自然、社会资源的掠夺性、破坏性消费，认为这种消费是一种摧残自然生态和社会生态的畸形消费，最终也将对企业利润的增加和社会财富的创造起到负面影响。因此，理性消费具有深刻的道德蕴涵，是能够促进社会财富增长的道德性消费。坚持道德引导和约束下的理性消费，才能真正使消费成为生产发展和财富增长的推动力量。

需要指出的是，道德和道德资本并不是同一的，即是说，并不是凡道德就是资本。首先，发挥经济功能并产生效益的道德才有资本意义。就资本理论来说,从马克思的经典资本理论,到包括中外学者论及的人力资本理论、社会资本理论和文化资本理论在内的广义资本理论,人们对资本范畴的理解正不断发生变化。英国经济学家马歇尔在《经济学原理》(上卷)中指出:“资本大部分是由知识和组织构成的……知识是我们最有力的生产动力。”尔后,美国社会学家林南在《社会资本——关于社会结构与行动的理论》中也指出,行动或选择已经作为新资本理论的一个重要因素出现。总之,用人力资本理论之父舒尔茨《论人力资本投资》中的一句话来概括,广义资本观是一种客观存在,“假如它能够提供一种有经济价值的生产性服务,它就成了一种资本。”然而,透过形形色色的广义资本理论,无论是人力资源,还是文化资源,抑或是社会资源,其资本作用的发挥有赖于活劳动的价值创造能力。就此而言,现代广义资本理论和马克思的经典资本理论在资本一般意义上是一脉相承的。既然资本的价值源泉在于活劳动的价值创造过程，所有在价值形成过程或价值增殖中影响活劳动发挥作用的物质和精神因素都具有资本属性，因此，资本就是投入生产过程能够产生利润或效益的体现为物质的或精神的价值，这就是资本一般（马克思的“资本”概念，说明了资本主义条件下的资本本质，体现了资产阶级和工人阶级之间的资本剥削雇佣劳动的关系，这是“资本特殊”）。而道德资本是在广义资本或资本一般理论基础上的进一步拓展，是从广义资本或资本一般形态中分离出来的一种独特的资本形态。非实体性的道德资本不同于实物资本，它渗透在人力资本、知识资本、文化资本和社会资本之中，并通过其他资本形态而发挥其特有的功能和作用。在广义资本或资本一般形态中，无论是实物资本中凝结的劳动属性，还是非实物资本中含有的精神要素，只要与价值目的相关，都可以成为道德资本的价值来源。事实上，科学的道德能够以其特有的引导、规范、制约和协调功能作用于生产过程，从而促进价值增殖。因此，从广义资本或资本一般这一概念出发，道德作为影响价值形成与价值增殖的精神因素具有明显的资本属性。为此，在经济活动中，有助于活劳动创造价值增殖（利润）的诸如道德理念、价值观念、习俗规范、善意善行等一切道德因素都应该是道德资本。我国经济学学者罗卫东在《论道德的经济功能》一文中也曾明确地将道德的经济功能及其作用称之为道德资本，认为，道德的经济功能和作用与资本相类似，它介入经济活动后会带来较大的利益，并指出，道德资本不单纯是促进价值物保值和增殖的精神要素，更以其富含社会理性精神的价值目的实现经济效益与社会效益的双赢。在这一意义上，实物资本和无形资本中所包含的一切体现社会理性精神的价值要素都可归入道德资本的范畴。

其次，道德成为资本有其逻辑界限。提出和认同道德资本概念，既不是一种泛道德主义，也不是一种道德万能论，而是指投入生产过程之中作为一种生产要素而客观存在的道德形态，生产活动的场域就是道德资本发挥作用的实际边界。从历史上看,资本概念从一开始就是同生产活动紧密联系。随着人类生产活动的发展,现代资本概念逐步涵盖了人力资本、社会资本、文化资本和道德资本等新内容,因此,道德资本是生产活动发展的产物。所以,从社会发展的宏观意义上来看,说道德是一种资本,并不是要从道德上去美化资本,甚或使道德沦为资本增殖的伪善工具,而是强调道德可以而且应该为获得更多利润和效益发挥其独特的作用。而且,事实上,道德一方面充当资本的盈利手段,另一方面却是对资本作“内在批判”。在现代社会,资本的本性是追逐剩余价值或更多利润。人力资本、社会资本、文化资本和道德资本都是资本容纳和调控的一切可以为价值创造过程服务的有用物。一方面,资本总是试图把一切当作为赚取剩余价值或更多利润的服务工具。另一方面,资本虽然在以独特的方式影响着资源、知识、文化和道德,但也在客观上塑造着人本身。这些被提升了的人类理性水平和精神力量反过来又会内在地成为约束资本负面效应的力量，也即对资本作“内在批判”。在这方面，道德资本的价值目的性较其他资本形态更为突出。道德不仅能够以自身的工具理性为资本服务，也可以在资本内部以自身的价值理性约束资本本身，以避免资本本性的非理性膨胀和“资本逻辑”的无度扩张。但是，要发挥道德资本的两重性功能，就必须在资本运行过程中把道德从自在的状态转变为自为状态，这就需要在现实的经济活动中运作道德资本。具体而言，就是要在市场经济条件下把企业的经营管理活动和道德实践有机地结合起来，形成企业特有的伦理文化与核心竞争力。

（原以题为“八论道德资本——道德在何种意义上成为资本”载《道德与文明》2011 年第 6 期。收录本书有删节。）

“道德资本”何以可能

——对有关质疑的回应

在本世纪初我提出了“道德资本”的概念，数年来又以系列论文不断论证道德资本的存在依据和作用机理，受到国内外学者的广泛关注。围绕这一议题，学界有撰文认同的，也有撰文批评或商榷的，这给学术争鸣注入了一股清新的活力，也给我的学术研究提供了巨大的动力。本文对于学术界近期的一些质疑作回应，在匡正常识性学术错误的同时，进一步阐述我的道德资本观。

有人认为，在马克思那里，资本的本质不是物，而是生产关系，资本的每一个毛孔都是肮脏的，在马克思的意义上，“道德”与“资本”的联姻不可想象。如果把社会主义道德或趋善意义上的道德与马克思的“资本特殊”意义上的资本联姻，的确不可想象，但现在的问题是，道德资本概念并不是简单地把道德与资本联姻，更何况，道德资本之资本在我发表的文章中已经说明不是马克思意义上的资本。我曾经在《论道德的经济价值》(《中国社会科学》，2011)一文中论述过，“这里所说的道德资本概念中的‘资本’并非马克思使用和论述的经典资本概念，而是资本一般(所谓“资本一般”是指资本的价值源于活劳动的价值创造过程，所有在价值的创造与增值中影响活劳动发挥作用的物质和精神因素都具有资本属性)视阈下的范畴。社会道德能够以其特有的引导、规范、制约和协调功能作用于生产过程，促进经济价值增值。因此，从资本一般概念出发，道德作为影响价值形成与增值的精神因素具有资本属性。换言之，道德资本是体现生产要素资本的概念，是广义资本观下的资本概念。它不同于马克思政治经济学中作为反映或批判资本主义社会制度和经济关系的分析工具的资本概念。在马克思看来，资本不是物，资本是带来剩余价值的价值；资本是经济范畴，更是经济关系范畴，它体现了资产阶级和工人阶级之间的资本剥削雇佣劳动的关系。而道德资本则是把道德视为一种有价值的生产性资源，以此来分析道德在经济价值增值过程中特殊的功能和作用，这是道德资本概念与马克思资本概念的区别，也是理解道德资本的理论空间和逻辑边界的起点。经济学学者罗卫东在《论道德的经济功能》一文中明确地将道德的经济功能及其作用称为道德资本，认为，道德介入经济活动，会带来较大的利益。指出，从社会效用来看，道德资本不单纯是促进价值物保值和增值的精神要素，更是一种蕴含社会理性精神的价值目的，以实现经济效益与社会效益的双赢。这里表明，我提出的道德资本一定是资本一般中的精神资本，它不可能是资本特殊中的因素，因为马克思所论及的资本主义条件下的“资本”，是“资本特殊”，其本身就是不道德的代名词。因此，道德资本是融入不了被马克思批判的资本概念的，它可以融入资本一般的概念，它与资本一般不仅不存在冲突，而且讲资本与讲道德是一致的，讲道德能够扩大资本存量。所以，社会主义条件下的资本在投入生产过程中，应该而且必须讲道德，唯此才能最大限度地实现资本的效益。所以，有人担心道德资本与资本的本性是否有冲突是没有必要的，因为，就马克思意义上的资本来说，道德资本与之有本质的区别；就资本一般之资本来说，道德资本与之是相通并一致的。

由此进一步说明，这里的道德资本根本不是在马克思意义上的资本和道德的联姻，而且道德资本并不是人为将道德与资本联姻，其本身就是一种经济伦理或伦理经济现象。且不说现在理论研究文章和实际经济部门在大量应用道德资本概念来深刻认识和考量经济发展样态，就理论发展现状来说，问题应该不是道德资本概念是否成立的问题，而是如何进一步完善、理解和应用道德资本概念及其相关理论问题。

国内外经济学界已经形成的共识是认为资本的形式和内容是多种多样的，有实物资本、货币资本、人力资本、精神资本等等，而道德资本是人力资本和精神资本的核心或基础要素，道德完全可以在经济建设中发挥独特的经济增值作用，道德资本有其存在的依据。其实，质疑者也认为，“道德”，在总体上只能被理解为是经济活动中的诚信守法、生产营销管理中的人本取向、公关中的公益活动，等等，且服从并服务于经济活动中对于利润最大化的价值目的。这里的“服从并服务于经济活动中对于利润最大化的价值目的”难道不是经济作用吗，既然是经济作用怎么跟获得更多利润无缘呢。事实上，虽然“服从并服务于经济活动中对于利润最大化的价值目的”之“服从并服务”是羞羞答答地谈到的作用，但从一个角度也说明，离开了道德，利润获得中必然会产生负面影响。

有人认为，提出道德资本概念是“简单的概念泛化层面的道德的资本化”，是将道德资本化。我这里要再次说明的是，道德资本概念的提出，并不是将"'道德'解读为一种'资本'"，也不是将道德资本化，更不是将道德与资本等同，至于道德资本是"资本的道德化"、道德资本是"道德给资本命名"等等的提法与道德资本概念实不相干。道德资本概念的提出是基于道德在经济发展和获得利润过程中有其独特的不可替代的作用。这样的理路与道德资本化不是一回事。其实，道德资本化就是把道德等同于资本，把道德完全看成是赚钱的资源和工具，这是亵渎了道德。然而，道德是资本精神层面的要素，它不可能独立形成资本，它在发挥经济作用过程中是依附于物质要素来起作用的，因此，趋善意义上的道德的资本化是一种主观臆造。而且，正如我前面提到的，资本化了的道德不是我们理解的趋善意义上的道德。

与之相关，有人认为，"严格经济学"意义上的"资本"是可以"度量"和"簿记"，为此，"道德资本"中的"资本"不可以"度量"和"簿记"，它与"严格马克思政治经济学"意义上的"资本"概念有天壤之别。这里暂且不考察有无"严格经济学”与非严格经济学、“严格马克思政治经济学”与非严格马克思主义政治经济学之区别，我要说的是，不管有无“严格经济学”与非严格经济学、“严格马克思政治经济学”与非严格马克思主义政治经济学之区别，资本的“度量”和“簿记”在今天已有更广而深刻的理解，绝对的数量性的“度量”和“簿记”已经是传统的经济学理念，今天的理念是，资本决不仅仅是物和数的概念，资本一定内含着人文因素，在一定社会条件下也内含着政治因素。就其资本的所有与投资问题离不开人和人际关系以及行为主体的价值取向的（道德的）考量来说，资本在一定意义上也是“道德实体”，即资本可以从道德角度来解读。正因为这一点，质疑者要在“经济学”或“马克思政治经济学”前面加上“严格”两字。事实上，在经济运行过程中，人们的价值取向和劳动态度即人们的道德觉悟直接影响产品质量和销售服务承诺的兑现程度等，从而直接影响产品的市场占有率，影响资金的流转速度和利润获得的多与少。所以，道德是资本形成过程中的不可缺少的精神因素,也是获得更多利润的重要精神性条件。其实,国内外普遍认同的“人力资本”、“精神资本”的基本理念都必然内涵道德要求。就道德是“人力资本”、“精神资本”的核心内容来看,道德也是资本是符合思维逻辑的独特概念。看不到这一点,那至少是缺乏常识的“科盲”,是停留于现象的浅薄的认识,甚或是学科交叉理念的缺失。

有人认为,道德资本概念的提出会使道德陷入工具化的危险境地。这里必须澄清一个观念,即道德的作用与道德的工具化不是一回事。况且,“道德工具化”是一个伪命题。为了说明这个问题,我认为有必要弄清道德存在的理由或道德的目的是什么。有人会说,道德的目的就是要提升人们的精神境界,成为自觉履行道德义务的人。这说法没有错。但是,我要继续追问,如何说明人们的精神境界是高的?自觉履行道德义务又是为了什么?我认为,不从经济社会的发展、人的素质的全面提高等等角度去考量,一定说不清人们的精神境界高低和履行道德义务的是否。因此，道德存在理由是因为道德有独特的作用，在经济领域也是如此。如果把道德的作用发挥过程当作利用道德作为手段的过程，这也没有必要大惊小怪，因为，致用是道德存在的基本前提和目的。如果说把道德的工具理性作用说成是道德工具主义的庸俗化，坚持道德与获得更多利润无缘，强调所谓的“道德只能是人本的，不能是物本的”(其实，我提出“道德资本”概念，从来只是强调道德在经济活动中有其独特的获得利益或利润的作用，而把强调道德的获利作用称之为“物本”实乃是牵强附会)，那所谓的伦理学家们会是虚伪的道德空谈家。

其实，道德工具化的说法是不能成立的。因为，一是如果把道德仅仅作为赚钱的工具，这时候的道德不是我们所指的趋善意义上的道德，而是趋恶意义上的道德，甚或是伪道德，是缺德。如果缺德而赚钱，那是特殊社会背景下的暂时的畸形经济现象。二是如果把道德作为市场上的交易条件或手段，这说明道德或良心可以用来交换或买卖，那这样的所谓道德或良心还是我们所理解的道德吗？稍有点常识的人应该不会这样去考虑问题。其实研究和阐释道德的经济价值与陷入道德工具化的危险境地没有必然的逻辑联系。事实上，学术常识告诉我们，资本的投向与作用的发挥一定会有道德在起着独特的“工具理性”的作用，而工具理性作用与道德工具化是不能等同的。如果把道德的工具理性作用与道德工具化混同，并进而将道德资本概念的提出认定为让道德“待价而沽”，那是没有逻辑根据的庸俗的理论观点。

有人认为，道德资本理论的提出会使得资本不受约束地肆无忌惮地赚钱并败坏社会风气。这个问题的确是理论界和社会上一些人关注和担心的问题。其实，道德资本逻辑地内含着资本要讲道德。这不仅不存在败坏社会风气的问题，而且道德能够在调控资本的同时，推动社会道德的进步。说道德是一种资本，并不是要从道德上去美化资本，使道德沦为资本增殖的伪善工具。道德资本存在两重性：它一方面充当资本的盈利要素或手段，另一方面却是对资本的“内向批判”。前者是强调在正当意义上获取更多的利润或剩余价值，后者是指资本在追逐剩余价值的同时，也在客观上塑造着人本身，而这些被提升了的人类物质方面和精神方面反过来又会内在地成为约束资本负面效应的力量，也即对资本的“内向批判”。在这方面，道德资本的价值目的性较其他资本形态更为突出。因此道德不仅能够以自身的工具理性为资本服务，也可以在资本内部以自身的价值理性约束资本本身，促使资本投资的理性和正当。所以，道德资本理论的提出不会使得资本不受约束地肆无忌惮地赚钱并败坏社会风气，它反而强调的是资本投资不可能完全脱离道德，资本必须讲道德。

有人认为，如果“道德资本”是规范性价值要求，这种规范性价值要求是工具性的，它将“道德”视为一种纯粹手段，因而，它亦是或然性的，不具有客观必然性，不能成为普遍命题，此“道德”不能成为普遍价值精神。真不知从何推出规范性价值要求是一种纯粹手段,不具客观必然性,不能成为普遍命题。其实,规范性价值要求,就科学的道德要求来说,它应该是追求和主张具客观必然性的普遍性,它对经济社会发展有正向促进作用。如果认为工具性的规范价值所指向的是“利”,以“利”度之,有利取之,无利弃之;在“利”之下,甚至“道德”本身也有可能被弃若敝履。那就形而上学地割裂了道德与利益的关系。尽管有人强调我们这个社会不能没有道德,但又认为这个道德只能是人本的,不能是物本的。那么,“人本”又是为了什么?我认为人本理应包括着促进人的完善和发展,而人的完善和发展依据应该是属“物本”领域,人的完善和发展本身就是广义“物本”的词中应有之义。与此相关,有人认为历来的道德(作用和目的问题上)争论的焦点只在于道德的终极性价值,认为“人是目的”与“人是手段”以及其中的“目的”和“手段”,不是同一逻辑层次和价值层次的关系。这一观点并不是真正的科学的哲学观。在今天仍然认为道德的终极价值在于“人是目的”，那是在炒康德的冷饭。因为，“人是目的”与“人是手段”是辩证统一的关系，道德的终极性价值在于人的完善与发展，而人的完善与发展必然地内涵着人作为手段的充分、合理的发挥作用。因为，“目的”必然内涵“手段”，“手段”必然趋向“目的”，不考虑手段的目的或不趋向目的的手段都是不可理解的。

如果在理解道德时像有人认为的那样，必须把握道德的终极价值关切、终极目的性、人性、人的本质这一类超越性根本内容，否则就会失却其灵魂与精髓，那么，这纯粹是一种不着边际的理论空话，因为，终极价值关切、终极目的性、人性、人的本质这一类“超越性”是什么，如果把坚持“立足于绝对价值目的性的价值理性立场”理解为“超越性”、理解为“道德”，那这样的道德是虚无缥缈的东西。其实，我认为要理解“超越”，那就是透过现象去认识道德本体是人立身处世之“应该”，在把握“应该”基础上去认识道德责任、道德规范和道德实践。否则，空谈这里的所谓“超越性”就是典型的缺乏逻辑思维的空洞理论。

综上所述，趋善意义上的道德能够以其特殊功能帮助经济活动获得更高效率或更多利润，既然道德能够帮助获得更高效率或更多利润，那道德资本应该有其充分的存在依据和可能。就我国目前经济发展过程中出现的毒奶粉、苏丹红、有色馒头等问题食品，塌桥、塌楼、塌路等问题工程，等等，这些不讲经营道德的行为，不仅不能帮助企业获得更高效率或更多利润，而且，一旦缺德行为败露，企业将面临倒闭的危险。因此，企业十分需要加强经营道德责任意识，要有道德资本理念，要有资本投资的道德制约境界，唯此才能排除空洞的道德主张，体现时代精神担当，也才能获取更高效率或更多利润，并促进我国经济的快速发展。因此，不要肤浅地地轻率地否定“道德资本”概念。

（原载《哲学动态》2013 年第 3 期）

“帕累托佳境”即道德经济

改革开放以来，我国快速发展的经济举世瞩目，而作为世界第二经济体，要实现最佳经济状态，并始终保持良好的经济发展态势，所谓的“帕累托佳境”及其所蕴涵的深刻的道德依据应该是确立我们当今经济理念的不可忽视的选项之一。

“帕累托佳境”是以提出这个概念的意大利经济学家维弗雷多·帕累托的名字命名的，他以优美的形式、严密的逻辑描述了经济效率和收入分配最佳境况。“帕累托佳境”亦称“帕累托最优”、“帕累托最优状况”、“帕累托优态”、“帕累托效率”，是指资源分配的一种状态，即可分配资源和享受资源人数既定的情况下，从一种分配状态转换到另一种分配状态，在不使任何人境况变坏的前提下，不可能再使某些人的处境变好。与之相关的是“帕累托改进”，亦称“帕累托改善”，是指一种变化，在没有使任何人境况变坏的前提下，使得至少一个人变得更好。“帕累托佳境”和“帕累托改进”逻辑关联是若离若即，即实现“帕累托佳境”就意味着不可能再有“帕累托改进”的余地；而“帕累托改进”又是达到“帕累托佳境”的路径和方法。因此，我认为这“帕累托改进”也应当属于“帕累托佳境”范畴。“帕累托佳境当然是一种经济学和效率原则。它所揭示的是当一种经济实现帕累托佳境时，各种社会资源的利用和财富的分配都达到了一个均衡的状态，没有过剩也没有不及，因而效率是最高的，社会福利得到了最大的实现。但是，帕累托佳境并非只靠经济学的原则就能够实现，其中也蕴涵着一些基本的道德精神，或者说，只有在一定的社会道德原则能够得以贯彻践行的前提下，帕累托佳境才是可能达到的”

（唐凯麟语）。因此，“帕累托佳境”在一定意义上就是道德经济佳境，也是最能说明经济内涵道德的典型思维模式。事实上，“真正的经济”是内涵道德的经济，完整意义上的表述应该是道德佳境下的经济才是“真正的经济”。

可以说，离开了道德，任何经济将不可能实现最佳境况，甚至会形成带根本性的“短板”经济。大凡发展停滞甚或受挫的经济，其重要原因之一是经营活动中忽视甚或缺少道德，若干年来，一些企业甚至是有的百年老字号，顷刻间信誉扫地，岌岌可危，有的倒闭不起，这与失去信誉、造成道德的根本性“短板”是分不开的。所以，道德是实现“帕累托佳境”的重要依据和条件。具体说来，其一，“帕累托佳境”就是经济公平佳境。资源分配要实现帕累托佳境，其手段和目的都必须是公平的，否则就谈不上资源最佳配置，更谈不上人与人之间的平等。至于所谓的“帕累托改进”，其目的就是让资源作最优最合适的分配。这里的“最优最合适”指的就是尊重人的劳动、关注和实现人的应有利益、资源实现没有浪费没有偏差的分配。并且,资源的最优配置是通过市场交换来实现的,公平交易才能实现效用的最大化,否则就会造成生产与贡献的偏离,减弱人们对下一轮生产的积极性,减少生产性资源的投入,客观上就会减少社会财富的创造,这样就丧失了实现“帕累托佳境”的基础,更谈不上实现“帕累托佳境”。其二,“帕累托佳境”就是共创共赢的佳境。“帕累托佳境”既是资源分配状况,也蕴涵着资源实现的最好态势。而资源实现的最好态势取决于通过最优分配促使人们达到最优的生产劳动积极性,也取决于人们在社会生产劳动过程中的团结协作和奉献精神。在一定的市场机制下,竞争是资源配置尤其是生产资源配置过程中必然出现的状况,而且理性意义上的竞争有利于实现资源配置中的最佳状态和效益。因此,利益相关者只有共同携手努力,相互支持,相互促进,才能实现双赢或多赢。其三,“帕累托佳境”就是诚信佳境。资源分配总是一定的人按一定的规则分配,然而,包括资源存量、分配依据、分配方法和分配结果等资源分配的全部信息应该公开，这样可以大大降低交易费用，减少人们在经济活动中获取和辨识信息的费用、谈判和监督费用以及由于违约造成的种种成本，充分利用已有资源作最佳分配并发挥最佳效益。相反，如果一个社会欺诈成风，交易中尔虞我诈，人们不得不将大量的精力、时间和金钱用于相互防范和解决各种欺诈所造成的纠纷，由此造成大量资源不能用于生产性活动，也使社会丧失大量可以创造出来的财富。其四，“帕累托佳境”是劳动产品或经济成果充分人性化的“佳境”。劳动产品或经济成果都是人们生活和再生产的资源，这些生活和再生产的资源在多大程度上符合人性和社会需求，就能在多大程度上提升人们的生活和生产质量，也就能在多大程度上促进经济社会的发展。

（原载《中国社会科学报·哲学版·学者个人专栏》2013年12月9日版）

道德目的是精神和物质的统一

“道德的目的是什么”，这是一个简单且复杂的问题。说简单，是因为这一问题是不是问题的问题，道德的目的在于道德有用，就是让人学会做人，获得更多效益。说复杂，是因为在如何理解有用、做什么样的人、效益又是在什么层面和角度上，众说纷纭，莫衷一是。

与理解道德目的相关的问题是“人类为什么需要道德”。这原本也是一个不难解答的问题。而且，回答清楚了这一问题也就回答了“道德的目的是什么”。然而，就这个问题历来也是公说、婆说不一样，且有的回答大相径庭。客观唯心主义者认为，先在于客观世界的精神决定人和人类社会的存在，道德也随之被决定。作为客观唯心主义的集大成者黑格尔的思想极具代表性，他认为，人类社会连同道德都是由绝对精神外化而来，道德作为人的自由意志的一个环节，它因人、人类而存在。在黑格尔看来，自由意志体现为抽象法、道德、伦理三个逐步递进的精神现象，其中道德是主观内心的法则，是自我生存的应当的规定，因此，道德因人的存在而存在（尽管黑格尔认为人的本质的绝对精神的真正体现在伦理）。进而言之，在黑格尔那里，道德目的是为了说明人和人的存在。主观唯心主义者（或理性主义者）普遍认为，道德决定于人们的“善良意志”，道德天生于人的“良心”。“人是目的”是康德的重要道德理念，在他看来，人之为人在于人是有理性的，即是说人是讲道德的，而且，人天生具有“善良意志”。因此，道德目的是要激发和说明体现为“善良意志”的道德。“人之初，性本善”是我国传统的主观道德论理念，既然这样，那么，道德目的就是要开发人们的善心，让人性得以真正体现。不管是唯心主义还是理性主义,它们都没能说明道德的终极目的应该是什么,而不能弄清终极目的的道德目的论始终只是没有根基的半拉子理论。一度时期以来,国外的基因决定道德论大概应该属于传统的天生道德论范畴。历来一部分思想者,他们的道德目的观与以上观点相左,这些人以旧唯物主义者居多。他们认为,道德目的就是利益,有利则为德,甚至认为利即道德。这样一来,就可能出现道德目的本身不道德的现象。因为,只顾及利益,忽视或不顾及获得利益的手段道德与否,往往出现与道德背离的行动。

就我国理论界现实理念来看,我认为弄清楚道德的目的是什么很有必要。因为目前我国理论界仍然存在历史上两种截然对立的意见。有人说,道德的目的就是要提升人们的精神境界,成为自觉履行道德义务的人。这说法没有错。但是,问题是,如何说明人们的精神境界是高的?自觉履行道德义务又是为了什么?还有人说,道德的目的就是获利,所谓利益是当今道德的代名词。这里的问题是,如何获利?利益如何享用?不能正确地回答这些问题,甚至唯利是图、享乐至上,利益将是缺德的代名词。事实上,不从经济社会的发展、人的素质的全面提高等等角度去考量,一定说不清人们的精神境界高与低和履行道德义务的是与否。如果坚持道德与获得更多利益无缘,强调所谓的"道德只能是人本的,不能是物本的",那所谓的伦理学家们会是虚伪的道德空谈家。当然,如果说道德就是为了获利,那就忽视了道德是促进人的完善和人际关系和谐的本质指向。

道德目的应该是精神目的和物质目的的统一。在马克思主义看来,道德目的就是要"使人的世界和人的关系回归于人自身"。尽管这是经典作家讲的社会主义高级阶段和共产主义道德目的,但适用于现在对道德目的的深刻理解和把握。所谓把"人的世界"回归于人自身所蕴含之意是指社会成员应该具有崇高的精神境界;在完美的社会中,"个人的独创的和自由的发展不再是一句空话”;“与人相称的地位”,即“每个人都能自由地发展他的人的本性”,过着“能满足一切生活条件和生活需要的真正的人的生活”;劳动已经不仅仅是谋生的手段,而且成了生活的第一需要。从某种意义上说,回归人的世界就是回归人的关系,因为人的世界是由人、人的关系组成的。所以“人始终是这一切实体性东西的本质”(《马克思恩格斯全集》第3卷,2002),人是关系性的范畴,因此,把“人的世界回归于人自身”就意味着必然地要求把“人的关系”即人的和谐关系回归于人自身。道德目的在这里的侧重点是强调人的完善和人际关系的和谐,侧重人的智慧与精神内涵。但是,从宏观和严格意义上来说,马克思主义的道德目的观强调人的完善和人际关系的和谐,这就是体现为精神利益与物质利益统一的道德目的观。再进一步,强调人的完善和人际关系的和谐,其终极目的是在于经济社会的发展。而且,事实上,评价人们的道德觉悟,除了对人的完善和人际关系和谐的考量外,更重要的是要考量道德在促进经济社会发展中的终极性作用和效益。这也是道德存在的理由和依据。

（原载《中国社会科学报·哲学版·学者个人专栏》2013年12月23日版）

道德促进获利与道德物化不可混同

在我发表系列经济伦理学研究成果并极力主张道德有帮助企业获利的作用以来，有学者提出质疑，认为道德可以促进获利是否主张道德物化。我的回答是否定的，前者和后者具有明显的区别，即强调道德的指导和约束作用与道德可以转变为具体物质的想法完全不是一回事。

其实，道德物化即道德物质化是伪概念。就现今自然科学的基本理念来说，物质一词没有明确定义，而且，学科不一样尤其是自然科学和社会科学可以有不同的指称和表述，这里的

“道德物质化”之“物质”是指由分子、原子、电子、离子等最基本的微粒构成,也即都是由化学物质组成的混合物。这样一来。道德物质化即作为精神现象的道德可以转变为物质是在科学上不可能的事情,因为,道德作为精神现象永远不可能具有化学作用的功能。再说,物质总是以一定的物态存在着,而且客观世界物质是千姿百态的,大到星球宇宙,小到分子、原子、电子等微粒子,存在形态各异,就是归结为日常所知的它们的固态、液态和气态三种“物态”,这都不可能由道德直接转变而来。就是作为物质存在的可入性的“场”,与道德更是风牛马不相及。因此,道德物化不可能,道德作为物之物不存在。

至于我们日常所说的包括道德精神在内的精神变物质,只是指精神“外化”(影响物质的形态和特征等)于物质之中,或指通过道德精神的指导或约束,使其“外化”为具有一定道德性的物质等。例如,紫砂茶杯(壶)由紫砂泥(土)做成,从紫砂泥(土)制成紫砂茶杯(壶)的全过程,其原料和成品之质料不可能有道德转变而来的成分，而紫砂茶杯（壶）的形状、特征和质量等在多大程度上符合人性需求和社会要求，以及它的实用性和耐用性如何，这往往在很大程度上取决于制造者关注用户需求和对用户负责的道德理念。同时，某一种紫砂茶杯（壶）在市场上获得多高的市场占有率，也往往取决于内涵的道德精神或道德精神的外化程度。

因此，道德的促进企业获利作用是指通过道德的引导或约束，能够帮助企业获得更多的利益或利润，决不是指道德物化。其实，我所提出和论证的“道德资本”概念，一是指制造一种或一类好产品，需要考虑并符合人性和社会需求，这种（类）道德性产品将会赢得市场并不断扩大市场占有率。二是指生产管理和利益相关者关系协调过程中需要坚持人本化即道德化举措，惟有道德化举措才能减少甚至消除因信息封锁、利益倾轧等造成的摩擦消耗；惟有道德化举措才能充分调动企业职工的劳动积极性，并减少单位产品的个别劳动时间，即减少产品成本。三是指在销售产品过程中,销售承诺兑现的诚信度高,就会赢得顾客的信任,从而在扩大市场占有率的同时,将会加快产品的销售速度和资金流转速度。以上说明道德进入并引导生产和销售过程是获取更多利润的重要依据和条件。当然,要指出的是,道德在企业生产和产品销售过程中,除了正面引导作用外,对企业经营者不当行为也能起到约束作用,这能保证企业在生产和销售过程中不出现缺德行为,更不至于衰败或倒闭,这是企业获利的前提条件。同时,我所提出和论证的"道德生产力"概念,也并不是说道德就是物质的生产力,而是指道德是生产力要素中的精神要素,是精神生产力。按照马克思的观点,机器是死的生产力,离开了作为主观生产力的精神生产力对机器的激活,劳动生产力就不能成立。这就是说,虽然生产力的标志是物质的,但是,没有劳动者的精神境界尤其是道德觉悟的不断提升,不仅影响劳动者的崇高价值取向和劳动积极性,也影响到对作为生产力主要标志的劳动工具(机器)的认识、改造和利用,影响到对资源的开发和利用的生态意识。为此,提高生产力水平意味着必须提高劳动者的道德觉悟,并进而影响生产力各要素的最佳存在和作用的最完美发挥。

道德视角下的“囚徒困境”博弈论

由囚徒困境及其引申出的非合作博弈均衡理论,左右着人们对经济活动的理解和认知以及学界对经济活动本质的思考。其实,离开了必要的道德研判,它就是一个存在一定逻辑问题的虚构故事,无助于人们参与正常的经济活动或开展理性的经济竞争与合作。

“囚徒困境”,其原文为 the Prisoner's Dilemma,又译为“囚犯的两难困难”、“囚犯难题”等。这是大约在 1950 年首先由社会心理学家梅里尔·M. 弗勒德(Merril M. Flood)和经济学家梅尔文·德雷希尔(Melvin Dresher)提出相关困境理论,后来由顾问艾伯特·W. 塔克

(Albert W. Tucker)明确地叙述了这种“困境”,并命名为“囚徒困境”。而后约翰·F.纳什(John·F. Nash)有两篇关于非合作博弈均衡(纳什均衡)的重要文章分别发表于1950年和1951年。塔克的这项工作同纳什的著作一起被认为基本上奠定了现代非合作博弈论的基石。因此,囚徒困境的重要性自然不言而喻。(参阅李伯聪、李军:《关于囚徒困境的几个问题》,1996年)

囚徒困境作为博弈论中的一个经典范例,渐渐为经济学、哲学、伦理学和管理学等诸多学科的研究所重视,一些学者把囚徒困境之博弈理论视作理解和指导当代经济活动的重要理论依据,更有甚者把它作为企业竞争中必须考量和选择的博弈“圣典”。冷静地审视这一学术现象,其基本研究理路对于启发人们深入研究相关经济现象具有特殊的意义。但是,经济学领域近年来热衷于囚徒困境的博弈理论研究的有的研究者,思想偏颇,似乎惟有这一理论才能说明经济领域的竞争状况及其激烈程度。有人搞经济理论研究言必称“囚徒困境”，甚至认为，经济学研究者如果不涉及该理论，就无异于是徘徊在真正的学术殿堂大门之外的“门外汉”，无法进行真正的、高水平的学术对话。其实，在经济伦理的视阈下，囚徒困境的博弈理论是极具功利色彩的、信息极不对称的、非合作性的处于“生人圈”之中的经济竞争理论。因此，惟有对其局限性加以揭示，并厘清其适用范围，还囚徒困境的博弈理论以本来面目，才能使我们能够最大程度利用囚徒困境的博弈理论来进行经济理论及其相关理论研究，开辟囚徒困境的博弈理论以往所未涉足的理论“空场”，并为走出囚徒困境的道德理路指明方向。

“囚徒困境”与“纳什均衡”指的是什么呢?

囚徒困境的故事讲的是两个具有犯罪嫌疑的囚犯甲、乙，被警察分别关在了两个隔离的房间中，警察对这两个囚犯进行分别的审讯。在审讯中，警察向他们分别提供了三个选项，并让他们做出选择：第一，若他们中的一个坦白了事实真相，那么坦白的将无罪释放，而没坦白的将被判 10 年刑;第二,若他们都坦白了,那么他们都将被判 5 年的刑;第三,若他们都不坦白,那么他们都将判 1 年的刑。假设充分保障囚犯的决策权,让他们选择对自己最有利的行为方式,结果发现他们都坦白了事实的真相,于是都被判了 5 年的刑。

很显然,这对两个囚犯来说并不是最佳的选择,于是构成了所谓的"囚徒困境",即两个囚犯都试图选择对自己最有利的行为方式,结果却发现陷入了对双方不利的境遇。为什么会导致如此的结果呢?该故事假定两个囚犯本性利己,他们的选择都会把个人利益的最大化作为目标,都会通过严密的利己逻辑推理去追求一个对己的最佳点,即"纳什均衡点"(故事中两个囚犯由于无法串供,因此,他们都只是选择对自己最有利的坦白的策略,并因此被判 5 年,这样的情节和结局被称为"纳什均衡",也称作非合作博弈均衡)。

作为囚徒甲,他的推理如下:假如我选择坦白,那么乙要是不坦白,我将无罪释放,即使他坦白,我也只会被判 5 年刑;假如我选择不坦白，那么乙要是坦白，我将被判10年刑，即使乙不坦白，我只被判1年刑。因此，我不会去冒被判10年刑的风险而去选择不坦白。也就是说选择坦白对"我"是最佳的。同理，囚徒乙也会做出同样的推理。

由此不难看出，囚徒甲、乙的推理就个人而言是合理的，且是他们各自的最佳选择，这样的选择使两个囚犯陷入了困境。

其实，囚徒困境存在着明显的的道德局限。尽管人们对囚徒困境故事耳熟能详，尽管囚徒困境故事在经济学等相关学科理论中都被引为经典性的事例，但是，仔细加以考量的话，不难看出，囚徒困境故事因是虚构的情节，它存在明显的道德"漏洞"，而这些"漏洞"恰恰是囚徒困境的局限性之所在。

故事情节中主张纯粹功利或绝对自利，缺乏道德的正向激励行为。将一切以"可能的结果"作为犯罪嫌疑人坦白与否的依据。按理，故事情节应该从法律和道德角度支持和鼓励坦白，然而，故事始终没有涉及该不该坦白的问题，虽然故事表面上是主张犯罪嫌疑人坦白，但其情节的构思是想要说明坦白与否是一场自私考量的博弈，犯罪嫌疑人在博弈中选择了符合“私利”的坦白。

故事情节中警察对嫌疑人的审讯缺乏法律依据和法律支持。该情节不管在哪个国度和地区，都会认为分开审讯嫌疑人是对的，这是审讯中技术层面的内容。但是，在没有弄清楚案情时就确定某种态度下的刑期，显然是不合法律程序的。同时，按故事情节来看，警察是掌握了嫌疑人的犯罪事实的，因为不管嫌疑人交代态度如何都得（或至少有一人）判刑。然而，嫌疑人都坦白各判服刑 5 年，都抵赖各判服刑 1 年，其中一个坦白而另一个抵赖，坦白的可无罪释放，抵赖的判服刑 10 年。这一推理也没有法律依据，甚至存在着严重的逻辑错误，两者都坦白和两者都抵赖服刑年限倒错，一个坦白而另一个抵赖的服刑年限与两者都坦白或都抵赖有严重不一致。因此，故事情节中的博弈是缺乏必要的道德理性意义上的博弈，实际上非常近似于冒险性的赌博。

故事情节中缺乏任何信任或思想可以转变的意识。囚徒双方都把对方看成是同样的绝对的自私自利者，所以，谁也不愿意承担责任或冒险抵赖。在这个故事里，且不说警察行为有诱导人们趋向功利之意味，两个嫌疑人的举动没有体现博弈中有道德和博弈中应该讲道德的理念。所以，囚徒困境故事除了主张赌博式的盲目博弈，并企图以这种苍白的哲理来启发人们的行为主张，别无他物。基于此，我们可以得出结论，囚徒困境的假设本身存在显而易见的内在矛盾和问题。

即便如此，囚徒困境博弈论客观上给我们理解经济活动带来不可忽视的道德启迪。

囚徒困境中的均衡理念，尽管是一种假设，但是，在激烈的经济竞争过程中，避免为争取最好但可能遭致最冒险的最坏的结果，去争取尽管不是最好但可以是最妥当的结局，不失为一种有意义的均衡。不过，在现实的经济活动中，没有必要把经济竞争设置得如此的信息不对称以致如此复杂，在经济竞争中，绝对的信息不对称或绝对的“老死不相往来”都是绝少的，因此，确认经济行动方案之时，均衡理念最多只是其中的选项之一，而“帕累托最优”、互信基础上的互利双赢或多赢等理念应该成为弥补前述均衡理念不足的更加具有说服力的不可或缺的常见选项。

囚徒困境是在信息不对称情况下的博弈，博弈者只关注自己的利益，所谓惟利是图，“惟我独尊”。在经济领域的竞争各方不仅不相信任何利益相关者，甚至完全把竞争者当成敌人，这会使任何一方博弈者失去在愿意合作情况下的许多商业资源。同时，很可能导致没有经济信息交换的竞争磨擦，造成无谓的资源消耗和浪费。这不仅影响经济活动的良性有序的运转，损害企业的经济效益，更可能影响人的情绪、伤害人们的感情。唯一可能的良性状态是，竞争者为了在信息不对称的情况下获得成功，会努力自身奋进，积累能量，发展自身，开拓市场。同时，应该具备“经济人”和“道德人”相统一的理念，一味的闭锁信息，自己也得不到应该得到的信息，惟有尽可能地信息共享，才可能实现更好竞争效益。

囚徒困境实际上是建立在非合作性基础上的恶性竞争，即只要对我有利，不管别人的利益甚或死活，这是对经济领域中某些极端行为的一种抽象。其实，无合作的绝对的竞争在现代社会是不存在的，囚徒困境所设置的非合作的竞争也不是普遍现象。因此，这种非合作的竞争绝不能够代表一种积极健康、理性社会的主流。不过，它提醒人们，在经济领域，绝对的不合作将是自我封闭、自我孤立，吃亏的是自己。做一些虽于己无利但也于己无害的合作行为，总比绝对的不合作要好(事实上，从宏观和长远意义上来说，只要合作就会有“赢”)。几百年前，甚至连亚当·斯密的“看不见的手”的理念也告诉我们，彻底的功利主义者，尽管他不情愿为他人提供(合作)帮助，但是，他事实上不得不为他人或竞争对手付出虽不愿意付出的付出。所以，经济竞争中的不合作行为是不道德现象。

综上所述，现代经济学中的囚徒困境博弈理

论尽管有其价值，但是，由于在此语境中的囚徒困境及纳什均衡是“伦理无涉的”（non-ethical），与实际的现实（经济）生活不相契合，也不相一致。换言之，置换囚徒困境的语境，把它从人为的“道德缺席”的囚徒困境中拉回到经济伦理学的语境中来，不仅是走出囚徒困境的必要途径，而且是合理诊断和把握现实经济世界的正确理路。

事实上，我们把道德视角引入博弈论，不仅重视道德的外在工具价值而且更注重其内在理性价值。因此，我们理解和主张的博弈应该是道德性博弈，经济博弈应该是道德引领下的经济博弈。所以，博弈论的均衡理论应该与伦理学理论实现应有的联姻，实现道德与博弈之间的必要的平衡，达到道德性的博弈与均衡之境界，即实现道德博弈和道德均衡。

（原以题为“经济道德观视阈中的‘囚徒困境’博弈论批判”载《江苏社会科学》2009 年第 1 期，《新华文摘》2009 年第 8 期、《伦理学》2009 年第 4 期分别全文转载。收录本书有删节。）

道德风险及其规避

道德与风险组词似乎不可思议，但道德风险一词已经在学界的理论话语中存在，甚至在人们的日常话语中开始流传。因此，清晰地认识这一概念及其社会现象很有必要。否则，一旦道德风险真正来了，我们将会避之不及。

道德风险是20世纪80年代由国外经济学学者提出的一个经济哲学概念，主要是指在经济活动中不讲道德、损人利己的危险行为。从目前我国已有的研究成果看，道德风险一词主要出现在金融学和经济学领域，不过，对其解释存在一定的偏差：要么过于宽泛地把经济风险理解为道德风险，要么过于狭窄地把道德风险仅仅理解为经济行为中的道德缺失,甚至有的把可能出现的社会道德问题与道德风险相等同,等等。其实,道德风险有其自身特定的内涵,它应该是指在人们的生产和生活行为中潜藏着的并可能出现的与道德有关的危险境况。这里的“与道德有关”可以理解为与“道德的行为”或“不道德的行为”有关,从这一意义上说,道德风险之“道德”是中性词。

那么,道德风险概念到底是指讲道德或不讲道德有风险,还是指经济社会发展中的风险涉及道德的存在和发展?我认为,前后两种含义都可以理解,但主要应当理解为前者。尽管目前道德风险一词在我国学界还没有得到广泛应用,在一些学科领域尚未得到关注,但是,从学理上厘清这一概念,既有助于完善相关学科理念,同时,也有利于提醒人们关注或解决一些客观存在的社会道德风险问题,以促进社会的和谐发展。

讲道德有风险吗?按理,讲道德是不会有风险的,但是,在社会运行制度和运行机制不完善的社会状况中，讲道德吃亏是常有的事。改革开放以来，建立和完善社会主义市场经济体制的过程中，一些制度和机制尚不完善，在这种情况下，讲道德者不一定能获得良好效果。比如说，在“人情社会”中，老实人、诚实人往往吃亏，能拉关系、钻空子的往往大占便宜。于是乎，诚实劳动、道德经营的人赚不到钱，甚至要亏本，而奸商往往靠所谓人脉关系、实施不正当竞争而赚取更多的钱财。那种“讲道德就不要做赚钱的买卖”，“要赚钱就不问道德是什么”的论调，就是商品经济、市场经济运行机制不完善状态下出现的危险境况。所以，讲道德有风险，不是指讲道德本身带来的风险，而是在经济社会运行机制不完善的情况下给讲道德者带来了不公平的结果。同时，不讲道德一定有风险吗？按理，不讲道德也形成不了风险，因为，不讲道德的行为得不到人们的认可，因而也就没有生存的空间。但问题在于，如果在社会发展的一定阶段，出现了制度缺陷或人性扭曲的时候，不讲道德的行为就不会被有效阻止，就会对他人和社会形成风险。而且，事实上，一般情况下，行为者不讲道德是不会预先公告的，而且一定是隐秘的，因此，这样的不讲道德的行为的危险性更大。

形成道德风险的原因是复杂的，主要原因首先在于利益至上主义。利益至上主义者，把自己的私利看得高于一切，甚至不惜损伤他人和社会利益而获取一己私利。在这一理念支配下，道德风险会接踵而来。近年来我国食品安全问题、生产安全问题频发，正是私利膨胀而导致的道德风险。其次在于社会生产或生活信息的不对称。因为信息了解和掌握的不对称，使得一些投机分子要么钻法律的空子，违法行事；要么利用信息优势，欺诈垄断，损人利己；要么发布虚假信息，以讹传讹，抬高自己，贬低同行；要么误导消费者，造成生产生活资料配置出现畸形状态，等等。再就是文化发展落后于经济的发展，以致道德觉悟不尽理想。由于当前我国国民的整体文化水平暂时跟不上经济发展的速度，影响了人们对现代道德理念的理解和把握，再加上道德教育缺乏更多有效方法和手段，没有把道德教育当作系统工程来研究和把握，往往是头痛医头，脚痛医脚，顾此失彼，甚至忙于“救火”。尤其是道德普及工作落后于经济的发展，以致道德普及率不高，使得人们的道德辨别力和善德接受力不太理想，对腐朽没落道德以及缺德行为的抵制力有时表现的比较弱，甚至有的人缺乏基本的羞耻心。要减少或减弱道德风险，以上原因应该引起我们的足够重视。

当前避免道德风险的策略之一是加快经济和文化的发展。一个文化水平和道德觉悟不高的社会，产生道德风险的机会会更多，抵制道德风险的力量会更弱。而经济发展速度快了，不仅仅是增加了社会财富，更在于能加快文化发展的速度，加快人们思想的解放和道德觉悟的提高。策略之二是要实现道德制度化和制度道德化。避免道德风险不仅仅靠教育，在现有复杂社会条件下，即在人们的文化水平和道德觉悟还不足以有效排除社会道德风险的情况下，更应该加强制度尤其是法制建设，把人们的生产生活行为限制在科学的制度框架下，由制度来限制和铲除产生道德风险的条件。然而，科学的制度需要道德引导和参与，惟有道德制度化和制度道德化才能将道德风险降低到最低限度。策略之三是加强道德教育活动。一个漠视或不懂道德和道德作用的社会一定是落后的社会，也是危险和可怕的社会。因此，道德教育非常重要，当务之急是要像普及法律一样来普及道德，让全体国民认识道德，信仰道德，实践道德，以此遏制道德风险的形成。

（原载《中国社会科学报·哲学版·学者个人专栏》2013年11月25日版）

消费也有个道德问题

消费是人类生产和生活的主要内容之一。没有消费就没有生产，没有消费就没有人本身的存在，更谈不上发展。大体说来，消费有物质消费和精神文化消费，两者既相互独立又相互蕴含。其相互蕴含体现于以下两点：物质消费指对有形物品的消耗，在消耗有形物品的同时也在消耗着有形物品中的文化内容，诸如中秋吃月饼、驾驶一定品牌的轿车、依托一定的运动器材进行体育锻炼等等。精神文化消费指通过一定文化载体的表现而使得一定的消费主体获得精神需要上的享受和满足，诸如看戏曲、看电影、看电视、听广播、读书、写文章等等，期间也消耗承载文化消费品的物质载体等等。其实，诸如一些休闲娱乐活动、食品展销活动等是物质消费和精神消费同时进行的消费。因此，就总体意义上来说，人类的生产和生活消费行为是物质消费和精神消费的统一体。而物质消费和精神消费的内容以及两者相互之间的比例关系表征着时代的进步程度和生产力发展水平，反映了人们的物质与精神文化生活的丰富程度。

同时，就消费主体来说，他可以是个人，也可以是单位或群体等等。表面上看，消费表现为消费主体的物质产品和精神产品的消耗，但其实不只是消耗，就其本质意义上来说，消费是人类生存发展的基本生活方式和内容，它可以起到对人性、人心和人际关系的肯定和完善的作用。同时，消费更是消费主体的物质和精神再生产、人类再生产的投入或投资。这就是马克思反复强调的"消费生产着生产"、"消费的需要决定着生产"的道理。

就消费的理想状态而言，消费是社会、生产

和生活及其发展过程的必不可少的重要环节，是消费行为之应当或应该的体现。而现实中的消费体现为这样的本真意义上的消费，那就是道德消费。道德消费即道德性消费，它是符合经济、社会、生活发展要求并体现为应该的消费，因此，道德消费就是负责任的消费。这种负责任的消费行为，它能充分利用资源并在消耗资源中产生最大效益，诸如身体健康、身心愉悦、理念进步、能力提高等等；它能公正合理地利用资源，并公正地受益于利益相关者，促进人际关系的和谐，以实现人际优势互补、精诚合作的最大效益；它能最大限度地保护生态，为经济社会的可持续发展创造条件。事实上，和谐人际下的消费，它必然会自觉关照和顾及到对于自然、社会的生态要求，消费的结果将有益于生态状况下的方方面面；它能引导人们节俭，排除奢侈、无效的消耗，排除虽有近效但有损远效或大效的消费，并立足于发展性的高效能的消费而尽量防止短视性、掠夺性消费。

既然消费是经济社会发展的重要环节，消

费的理性问题不仅仅是消费者个人的事情，也是生产和销售消费品的企业的事情。尤其是生产性企业在社会消费活动中，它既是消费品的生产者，也是消费者。因为企业生产消费品的过程也是消耗资源的过程，它是一个特殊的消费者。企业的道德性消费，不仅促进企业员工的素质的全面提高，而且能促进协调各种利益相关者的关系，节约应该节约的资源，充分发挥各种资源的功能和作用，为科学发展提供企业特有的“道德资本”。反之，企业消费异化，必然导致企业的畸形发展，甚至正常的经济活动将会遭到破坏，由此而导致企业的倒闭也时有发生。此类案例不胜枚举。比如：三鹿奶粉事件就是企业和事件当事人消费道德缺失造成的。三鹿企业严重缺乏消费者是企业生存和发展源泉的观念，既丧失了消费品被消费就是再投入或再投资的科学理念，又丧失了起码的对用户负责的道德精神，可以毫不隐讳地说，企业经营的“道德链条”断裂之时，就是灭顶之灾到来之日。

当然，需要指出的是，过分节俭或守财奴式的消费理念在今天需要反思，事实上，在一定程度上它就是一种滞后消费，而滞后消费既是对该有的消费性投入而没有投入的消耗性物质在时间、空间和内容上的损耗，也是对该有的消费性投入而没有投入的消耗性精神文化品的作用的丧失。换句话说，一方面消费品闲置，另一方面消费主体得不到应有的生存和发展的消费品，这势必不仅影响经济社会的发展，而且损害人们本来可以达到的生活质量。因此，要引导消费，鼓励积极理性的消费。尤其是在世界出现金融危机、货币和经济缩水的情况下，扩大再生产非常重要，而这十分需要推动消费该消费的东西，以推动经济社会的发展。这既体现我们的境界，也体现真正的人的本质。因此，消费是一种精神、一种觉悟。正是在这个意义上，今天，我们党和政府推行的“拉动内需”或“刺激消费”等政策措施，从其出发点来讲，都是想达到一种理性消费或道德消费的境界。

就目前情况来看，要达到道德消费的理想

水平，必须遵循以下原则。

与消费能力相等。消费能力包括消费物质能力和消费精神能力。“超能力”的消费，不是投入或投资，而是对“再生产”和“发展”的阻碍或破坏。“弱能力”的消费，不是节俭，而是滞后消费，不利于“再生产”和“发展”。节俭作为美德应该是不“超能力”消费，不铺张浪费。尤其是在物质和精神财富还不能充分满足人们需求甚至还匮乏的情况下，节俭更是有利于有限的消耗品在时空均衡和受益合理的情况下产生更好的效益。至于诸如学校教育、医疗卫生等公共消费的节俭是需要的，但是，公共消费的节俭是为了更理性更符合“应当”的消费。

与生态要求一致。生态要求包括社会生态和自然生态要求。消费毕竟是对物质和精神文化的消耗，消耗中既要考虑到社会成员共同需求的满足，也要考虑到消耗中的利益的公正性和社会发展的可持续性；既要考虑到自然的生态性存在，也要考虑到人类对未来自然生态的依赖；既要考虑到当代人的消费需要，也要考虑到后代人的利益，决不能“吃子孙饭，断子孙路”。

与风俗习惯协调。消费内容和消费方式不可能是随心所欲的。特定的地区或特定的人群体对消费内容和消费方式有一定的特殊要求，消费要符合社会认同标准和社会生活习惯。同时，奢侈的消费，甚或伤风败俗的消费是异化消费，这会给“再生产”造成麻烦。我们主张健康、绿色的消费，唯此才能使消费行为真正回归人的消费和实现真正为人的消费，也才能使这样的消费行为真正成为经济社会发展的投入或投资。

与经济社会发展趋势相一致。消费既然是投入或投资，那么消费行为时刻要与经济社会发展要求相符。尤其是“无用的拥有”和“无用的消耗”，它不能发挥消费功能并产生价值。因此，道德消费是经济社会发展的动力源，它时刻要考虑任何一种消费行为的积极意义和对物质和精神文化消费的价值。

（原载《光明日报》2010 年 6 月 1 日版，《新华文摘》2010 年第 15 期全文转载）

更要关注“道德气候”

“道德气候”是指一定社会条件下的道德态势。它至少可以从以下几方面来说明，一是人们的道德觉悟程度，二是社会的道德风尚状态，三是道德发展前景。

就我国若干年来的道德气候来说，学界一直存在着道德滑坡还是道德爬坡之争。道德滑坡论者往往历数社会上的各种不道德现象，认为社会道德世风日下，道德堕落日益严重。有的甚至认为经济发展与道德堕落是社会发展的必然趋势。更有甚者，认为经济发展需要以牺牲道德为代价。道德爬坡论者认为，道德作为社会意识形态，作为人们的精神境界，它必定随着经济社会的发展而发展的，发展的经济与落后的道德并存只能是暂时现象，就社会发展的总趋势来说，经济上发展了，道德必然进步。其实，滑坡论者是一叶障目，不见森林，或者是以点盖面，忽视了大局。当然爬坡论者应该避免只是赞赏道德气候的莺歌燕舞和看不到道德堕落的一面，以便有切实的对策来应对。

我国若干年来尤其是改革开放以来，社会道德的总趋势是在不断进步的。这主要体现在以下几个方面：一是道德观念在不断更新，德治理念在逐步深入人心。我国改革开放以来，尤其是建设社会主义市场经济以来，人们的主体意识、和谐关系意识、理性竞争意识在不断加强。同时，在人们在实践中深刻体会到道德的不可缺失。大凡有道德理念渗透其中的产品更受人欢迎，大凡有道德理念渗透其中的经济制度，更显科学和高效。尤其是以人为本的道德管理已经成为当今经济社会管理的重要理念，影响着整个社会的发展进程。二是人们的道德的资源或资产意识、道德的功能意识在不断加强。随着市场经济运行机制的不断完善,道德不仅影响着企业或经济活动的发展方向,而且道德明显影响经济的效益和发展速度,有时在很大程度上制约着企业或经济建设的速度和效益。事实上人们已经将道德作为工具理性和价值理性,自觉让其渗透在生产和生活的各个环节,发挥着独特的经济增殖作用。三是社会道德风尚在不断改善。无偿救灾、拾金不昧、助人为乐等已经成为良好的社会风气,尤其是社会慈善活动已经成为影响巨大的道德风景线。四是道德榜样的示范作用在明显增强。近年来,全国道德模范评选受到全国人民的关注,道德模范的可敬佩、可亲近、可学习的行为,感动和影响着当代人的道德理念和道德习惯。人们都在赞赏和接纳道德模范,并主动宣传和发扬道德模范的精神,这是最明显的道德进步。五是道德环境建设成就卓著。从硬环境上来看,城市公共交通工具优先、盲人道逐步连成片、新建筑物都配置无障碍通道、人性化的生活设施越来越多等;从软环境上来看,很多城市建立快速反应机制、社会治理制度日益人性化等。这些都说明社会公德观念在渗透和影响着人们的生产和生活。

不可否认的是，改革开放也让西方社会所谓的自由主义、个人主义、拜金主义等等的道德理念渗透到我们的社会生活中，腐蚀我们的社会有机体，影响甚至破坏经济生态、政治生态、文化生态等等。诸如有的商人的确成了奸商，唯利是图，坑蒙拐骗，无恶不作，危害极大。例如苏丹红、有色馒头、毒奶粉等在影响人们身体健康的同时还影响了社会的稳定与和谐；有的人跑官、要管、买官、卖官，将商业习气搬到官场，影响官德的正常发展。更有甚者，有的官员利用手中权力，贪赃枉法，鱼肉百姓，大大削弱了道德在社会上的影响力和作用力；有的热心于低俗文化，价值取向庸俗而又浑浊，造成近视的生活目标和颓废的生活方式；还有的人与人交往缺乏诚信，丧失生产和生活中的人脉资源，要么成孤家寡人，要么造成缺乏信用的社会。诸如此类，说明社会道德堕落在一定范围内或在一定的生活领域还比较严重。但无论如何这不是社会道德的主流。不过,这像社会毒瘤,如不加以控制或扼制,将危及社会正常生活。

社会上不道德现象的形成是诸多原因所造成的,主要有以下几方面:一是文化发展滞后于经济发展,人们的文化水准适应不了快速发展的经济社会的发展,影响了人们的道德辨别力。尤其是当人们对于社会主义核心价值观还处在一知半解甚至知之甚少的情况下,善恶不分,良莠不分,没有崇高道德追求将成为低迷甚至落后的道德气候。二是社会制度以及社会运行机制的不完善会使腐朽没落道德沉渣泛起。道德是靠通过教育和实践来逐步提高人们的觉悟的,但教育不是万能的,道德觉悟也不是自然地提升的,尤其是在现阶段,由于制度的缺陷,难以通过良好的制度和合理的运行机制来规范人们的行为,并进而养成人们的道德习惯,改善社会道德风尚。三是物欲横行且没有展开有效的约束或限制,往往造成唯利是图的社会风气,甚至不惜牺牲他人和社会利益来实现个人的私利。这样的道德气候会影响甚至阻碍社会道德的进步。四是政府及其官员往往把道德建设作为软任务放在可抓可不抓的地位，导致以道德力为核心的经济社会发展软实力的低、弱，等等。

当前要改善道德气候，必须努力关注和落实以下几点。一是党和政府以及各级官员应该首先成为学习和践行社会主义道德的先行者。要在真正学通弄懂马克思主义道德观的基础上，深刻理解社会主义核心价值观，在真正知道何为道德的基础上，勤于道德实践，不断提升道德觉悟。党和政府以及各级官员的道德面貌是社会道德的风向标，也是老百姓树立道德信心的重要前提，党德、官德不能改善和提升，道德建设永远是事倍功半的。因此，党德、官德是改善社会道德气候的钥匙。二是要清醒地认识到以道德力为核心内容的文化软实力是经济社会发展的不可或缺的精神动力，要像抓经济工作一样抓道德建设，唯此才能在经济社会发展过程中软实力和硬实力并进，也才能真正促进经济社会的完美发展。同时要将道德建设作为系统工程来抓,诸如理论的深入探究、道德行为规范全面而系统的揭示、道德实践体系的科学设计、道德环境的全面规划、道德约束机制的合理把握等等,都应该是整体推进道德建设的不可或缺的重要环节。三是要构建社会道德实践体系,让不同年龄段、不同社会生活领域等均具有有针对性的道德实践模式,并通过实践磨练,真正让道德成为人们的生活内容和生活方式。四是要狠抓道德环境建设,通过对道德的硬环境和软环境建设,真正让人们生活在浓郁的道德氛围中,时刻接受社会主义道德的熏陶。五是要着力改变社会风尚,大树特树社会主义道德模范,以与时代同步的道德偶像引领青少年确立正确的人生观和价值观,使之成为提升国家文化软实力的生力军。

(原载《中国社会科学报·哲学版·学者个人专栏》2013 年 12 月 16 日版)

诚信价值旨归

一个社会的和谐与发展的状况与程度往往取决于社会诚信。没有诚信的社会往往是人心不古、矛盾重重的社会，也是没有活力、没有希望的社会。

诚信既是经济社会和谐的平衡器，也是经济社会发展的动力源。

诚信是经济发展的核心竞争力。社会主义市场经济是竞争经济，竞争必须讲诚信，丧失诚信的经济行为，实质就是“经济自杀”行为。一方面，社会主义市场经济主张真正的高效的自由经济，然而，自由经济离开了诚信，就会成为尔虞我诈、互相拆台的经济，所谓的自由经济也不可能真正实现。同时,市场经济条件下的社会化大生产并非只是投入、产出、效益等纯物质的经济过程,而是内涵利益相关者之间合作的经济过程。利益相关者的任何一方或任何一个环节的诚信缺失,都会导致整个经济秩序的混乱,并带来经济发展的严重挫折。另一方面,诚信是企业无声无影的广告。企业讲诚信,必然会吸引更多的顾客,从而不断扩大市场占有率。可以说,大量中外企业以自身的繁荣或衰败为企业发展与诚信经营之间的此种关联提供了生动的实践例证。假如不讲诚信,即便是国际或国内知名品牌,只要在产品设计、生产、销售和服务中出现偷工减料、以次充好、夸大功能和空头承诺等失信问题,就会导致企业经营形象的毁损,并带来产品销量的下降和企业利润的减少,更可能因此葬送企业的前途。再一方面,诚信是降低经济交易费用的重要路径。经济的发展与交易的内容、品种和频率有着十分密切的正向关系,可以说,交易的内容或品种越多,交易的频率越高,产生的效益也就越好。然而,经济交易的内容或品种越多,交易的频率越高,越是要求诚信交易。因为,交易中的利益相关者都想获取更多的利润,如果缺乏基本的信任,交易各方往往互相封锁应予公开的经济信息,从而使信息获取过程耗费了大量原本可以节约的精力和资源。更有甚者,经济主体为了自身的利益不惜破坏正常的经济信息渠道,或窃取经济信息,或制造虚假信息,此类不诚信的行为会造成更多的"摩擦消耗",并进而影响经济效益和经济发展速度。事实上,如果交易各方以诚相待,不仅可以减少许多无谓的消耗,而且能够形成诚信的投资环境,更好地吸纳各种经济资源。

诚信是民主政治建设的基础和根本。一方面,民主政治建设说到底就是以民为本,取信于民。要取信于民,那首先应该诚信于民。一是要真诚地想民之所想,急民之所急,真诚地为民众多做事,做好事。尤其要多为民生幸福问题全方位考虑工作内容、目标和举措,让广大民众深切地感到党的干部是人民的代表,由此不断增强社会或政府的公信度。二是要选拔德才兼备的充分反映民意的好干部。民主政治建设进程中的一个非常关键的问题是被选拔的干部是不是民众信得过的干部，是不是民主进程中得到公认的干部。如果干部选拔不能体现民意，那么，可以说，整个社会就没有诚信可言。一个在干部选拔上的公信度受到质疑的社会，即是民主政治建设开始走向败落的社会。改革开放以来，我国的干部选拔制度的改革和发展，尤其是公推公选制度等等的实行，以及干部选拔、监督机制的不断科学化，使得社会诚信度越来越高，推动了民主政治建设进程的不断向纵深发展。三是要保障言论自由。在一定意义上社会是民众的社会，要相信民众的意见、建议等等是对社会负责的精神，因此，倾听民众呼声，并积极主动地解决相关社会问题是诚信于民的关键，也是社会和谐稳定的关键所在。一个不能把民众的建议、意见当作头等大事来对待的社会必将是官员丧失信誉、社会也将丧失正常秩序的社会。另一方面，民主政治建设的关键在党员的诚信。作为中国共产党这样一个执政大党，党员的素质直接影响到民主建设进程。而党员首先要有“党德”，如果连基本的党德都没有，那党性就无从谈起，也就谈不上遵守政治原则和党纪国法。那么，党德是什么？党德是作为一个党员在组织上、思想上、作风上“应该怎样，不应该怎样”的境界和行动，这里的“应该怎样”即是党员应尽的责任和义务。然而，党德的实现，其最基本的要求是诚信，因为，一个执政党党员的诚信度直接影响党和政府的公信度，影响到民众对当今社会的认可度。因此，民主政治建设需要加强党员的党性修养，尤其需要培养党员的诚信觉悟。再一方面，民主政治建设，舆论应该最大限度地公开，这不仅是民主政治建设的重要手段，更是诚信社会建设的不可忽视的途径。这是因为，民主政治建设必须要有权力监督机制，若是没有权力监督机制，民主政治建设就没法向前推进。问题是怎么监督？监察制度、问责制度、法律、道德、官员行为准则等等都是权力监督的重要手段或依据，特别是在现在社会条件下，舆论公开是诚信于民、取信于民的重要路径，也是民主政治建设新的重要手段。一个舆论不太公开甚或不能或不愿公开的社会，是诚信度或公信度最弱的社会，这样的社会是无从谈和谐社会建设的。当然，要指出的是，由于社会生活的复杂性，并不是什么舆论都能随便公开的，有的所谓舆论或新闻舆论，只要传出去之后可能会引起社会不安甚或动荡，那就应该制止，因为引起社会不安或动荡对我们没有好处，影响社会的发展进程，影响我们自身的利益，最终影响民主政治建设进程。因此建设诚信社会并不是主张舆论可以无所顾忌，尤其在网络时代，正确地管控舆论是社会诚信建设的重要环节，否则，混乱或不正当的舆论破坏的是社会诚信机制。还有，法律面前人人平等是诚信于民的根本，是民主政治建设的生命线。一个国家或一个社会能否真正做到法律面前人人平等，这是一个国家或一个社会诚信还是不诚信、民主还是不民主的分水岭。可以说，法制没有信誉，那社会的一切皆不可信，民主政治建设将会是一句空话。我国公信度的不断增强，其中重要原因之一是法制建设越来越完善，法治诚信获得了广大民众的认同和赞赏。

诚信是社会和谐之重要条件。一方面，科学的社会管理即诚信式的管理。社会建设要靠管理，而管理是一个庞大的系统工程，从生产、交换、分配、消费到人们的福利支持等等，从交通出行、旅游到节假日人口大移动，从社区生活配套到日常交往、休闲生活等等，从学校、家庭到公共场所等等无不需要管理，在这可统称为社会治理的庞大社会管理工程中，需要法律、行政、道德等综合管理手段。然而，科学的社会管理或社会治理的核心或基础管理手段是诚信式的管理。一是因为社会管理是社会成员和管理者共同的生活内容、手段和目标，惟有诚信管理才能获得社会成员情感上的接受、管理宗旨上的广泛认同和支持，也才能实现社会管理上的有效配合。二是惟有诚信管理才能营造互信、多赢的社会氛围，避免一切可以避免的社会矛盾和冲突，实现社会和谐。三是现代社会是“陌生人”社会，尤其是新的社区成员多半是“移民”而来，在这样的社区坚持诚信管理，有利于在不断增强互信的基础上形成互帮、互助、互谅的和谐社区，更有利于大社区的治理。另一方面，社会矛盾的解决需要诚信承诺。社会矛盾在任何一个社会发展阶段是不可避免的，只是矛盾有大小或性质不同之区分而已。然而，社会矛盾不管大小和性质，只要引起矛盾的问题或事项不能及时解决，甚至解决不好，都会酿成更大社会矛盾甚至社会冲突。往往在解决社会矛盾过程中需要时间，需要过程，为不至于使已经产生的矛盾扩大或延伸，这就更需要相关方面的诚信承诺，承诺的诚信兑现，没有解决不了的社会矛盾。当然，失信是社会治理的大忌。再一方面，诚信是社会和谐协调的保证力量。社会的和谐协调是人与人、心与心的和谐协调，是利益相关者之间的和谐协调，惟有诚信才能沟通心灵、协调关系。

（原以题为“诚信——和谐发展之根”载《群众》2012 年第 12 期）

新时代的道德标杆

我有幸作为专家组成员参与了中宣部组织的第二届全国道德模范评选工作，自身也受到了一次深刻的社会主义道德教育。道德模范的先进事迹震撼人心，激励全社会。

全国道德模范评选在举国上下引起了强烈反响，我深感，它的社会启发、教育和引导作用不只在当下十分明显，而且将产生深远的历史影响。尤其突出的是人们从道德模范身上看到了朴实而崇高的道德境界，更坚定了建设社会主义和谐社会的信心。

全国道德模范的优秀事迹可歌可泣，为全国人民树立了新时代的道德标杆。

道德模范的优秀事迹是社会主义核心价值观的生动体现。道德模范的共同特点是坚信党的领导，坚信社会主义，真心实意地为我国改革开放的伟大事业奉献自己的力量。尽管有的事迹看上去并不那么轰轰烈烈，但他们尽到了自己的全身心的努力，为平凡的事业作出了毕生的奉献。同时，道德模范的共同心愿和目标是做好人做好事，立身一生清廉，为人乐意付出，而且不计报酬，不图名誉。再者，道德模范坚持爱国、爱家、爱人的统一，不管是助人为乐、见义勇为、诚实守信、敬业奉献还是孝老爱亲，他们都能坚持大爱无疆，把真爱洒向人间。在道德模范面前，那些唯利是图的、见利忘义的自私自利者就显得十分渺小，而且他们的行为已经遭到全社会的唾弃，这也说明社会主义核心价值观的精神力量之伟大。

道德模范的优秀事迹是中华民族优秀道德传统的新时代传承。道德模范的优秀事迹是新时代的道德境界的体现，也是中华民族优秀传统文化尤其是优秀道德传统的传承。中华民族优秀道德传统主要体现为关注国家和民族利益、崇尚“仁爱”精神、坚持诚实守信、善于修身养性、自觉感恩、助人为乐等等，道德模范无不体现这些优秀道德传统，而且，他们的优秀事迹都注入了新时代的道德元素，体现了新时代道德的朴实而崇高的特点。同时，道德模范的优秀事迹展示了他们在传承优秀道德传统基础上的高尚的人生价值观、幸福观和我国现时代的主流价值观。道德模范的精神以及产生的重大社会影响完全能够说明，虽然社会上不时地出现一些坑蒙拐骗、无恶不作的缺德者，但他们的行为影响不了主流道德观的传承，也阻碍不了社会主义道德建设的进程。

道德模范的优秀事迹为社会主义的文化自觉发挥了先导作用。社会主义的文化自觉是社会主义现代化建设的基础和重要条件，然而，文化自觉的前提是道德自觉。只有对国家、对社会、对他人、对自己有深刻而充分的认识，并且身体力行，才能够真正达到文化自觉。道德模范们表现的是做好人和做好事，但他们体现和展示的是道德自觉,他们都有着对人生和社会生活的深刻的认识,有着对美好生活追求的远大理想。

汶川大地震中的伟大抗震救灾精神

5·12汶川8.0级特大地震，造成了重大人员伤亡和惨重的经济损失。这场历史上罕见的破坏性最大、波及范围最广的汶川大地震，是对中国政府和人民的一次大考验，中国政府和人民面对灾难所表现出的空前团结与坚强，令国人感动，让世界动容，无疑向世界递交了一份令人满意的答卷，并受到国内外舆论的广泛好评。

面对从天而降的飞来横祸，在党和政府的坚强领导下，中国人民万众一心，众志成城；一方有难，八方支援，谱写了一曲又一曲可歌可泣的抗震救灾颂歌。在这场汶川大地震中的“万众一心、众志成城，不畏艰险、百折不挠，以人为本、尊重科学”的抗震救灾精神，不仅是社会主义制度无比优越性的充分体现，而且是社会主义核心价值体系的特殊而又最好的诠释，并且使社会主义核心价值体系得到了进一步的验证和彰显。

面对特大地震灾难，真切而崇高的道德良心在干部、军人、警察、医生和教师等各类群体身上表现的尤为突出。灾区各级领导干部在交通中断、天气险恶的情况下，强忍着悲痛和煎熬，在第一时间坚守在抗震救灾现场，尽一切可能组织群众自救。在这中间，有许许多多的道德楷模，他们捧着一颗丹心，以真切而崇高的道德良心与天灾做殊死抗争，给灾民带来了生机和温暖。例如，北川县委常委、副县长瞿永安，面对妻子被埋在废墟中，父母、岳父母、侄儿、侄媳等十个亲人被压在钢筋混凝土之下的情况，扑通一下跪倒在地，泪流满面地向亲人重重磕下三个响头，随后便奋战在抗震救灾第一线，持续 7 天 7 夜 160 多小时，每天往返于危险崎岖的山路，到县城搜寻幸存者，沿路救助伤病员，收集报告灾情。德阳东汽中学教师谭千秋，在地震发生的瞬间，张开自己的双臂趴在课桌上，身下死死地护着四个学生，在死亡面前，他以自己的生命换来了4名学生的明天。还有“摘下我的翅膀，送给你飞翔”的映秀镇小学教师张米亚，舍身救出了两名学生。痛失十几位亲人却继续坚持救援的坚强女警蒋敏，一直坚守在工作岗位，直到5月26日，才手捧花环站在家乡祭奠深埋在地下的亲人，面对一片废墟的北川县城，这位坚强的女民警终于泪流满面，悲痛欲绝。凡此种种，不胜枚举。

在抗震救灾过程中，这种抗震救灾的义举真切地阐释了中华民族的道德良心。但是，这种道德良心绝不是一朝一夕所能形成的，它是长期的道德修养和德行积淀的结果。因此，道德良心展现的偶然，其实有其必然。它不单会在我们习以为常的日常生活“润物无声”，而且更会在危难关头和关键时刻绽放光彩。正是在这个意义上可以说，强烈地震后，举国上下抗震救灾行动之迅速,“把人的生命放在第一要位、不惜一切救人”的精神之感人,实际上是在向全世界展示了我们中华民族道德良心的魅力。今天,我们应该承认,虽然有时还存在着道德良心泯灭、伦理失范的情况,但绝不像有人所夸大的那样,认为改革开放和社会主义市场经济必然会导致道德堕落,甚至世风日下、人心不古。相反,我们又一次在抗震救灾中真切地看到许许多多可歌可泣、震撼人心的英雄行为,这足以证明中华民族的道德良心在今天依然留存在人们的心间,并且它也在与这场巨灾搏斗中得到进一步的淬炼和提升。

大灾有大爱,汶川有后盾。在特大地震灾难发生以后,中华民族的大爱精神得到进一步的展示和增强。全国人民和海外华人高度关注灾情,纷纷以各种形式捐款捐物,以强烈的爱国热情投入到如火如荼的抗震救灾中去。真情系灾区,关爱汇暖流,值得一提的是,香港、澳门和台湾同胞以“血浓于水”的情感为灾区捐款捐物,这是一种由衷的爱国之情,也是真正的人道主义的关爱人的精神。一些催人泪下的场景更令人感觉大爱崇高。例如，严重残疾靠两手行走的小乞丐，捐出了乞讨来的身上仅有的几元钱；小朋友们捐出了平时的多多少少的积蓄，一位小学生用衬衣包着三年积聚的十几斤重的有1200元的硬币捐钱，让他写下自己的名字，他红着脸不吭声，过会儿悄悄溜走了；北京师范大学一同学在捐款现场捐出807.7元钱不留名，这把7角零钱也一并捐出的不留名的捐款足以说明他没有修饰的真诚和尽力；等等。

人民子弟兵是人民的坚强后盾。在抗震救灾现场，这一句话得到了生动鲜活的诠释。面临余震，许多官兵以责任重于泰山、生死置之度外的英勇气概，谱写了一曲又一曲爱国爱人之颂歌。他们不畏艰险，迎难而上。例如，一批消防战士就在受灾异常严重的武都小学展开了紧急救援。就在抢救进行到关键时刻，又一次余震来袭，砖头和水泥板开始往下掉，再进入废墟救援非常危险。当指挥人员下令“往后撤”时，一名刚从废墟中救出一名孩子的战士，却面对拖着他往后撤的战士“扑通”跪了下来,他流着热泪说:“你们让我再去救一个吧,求求你们让我再去救一个,我还能再救一个。”此情此景,感动了在场的所有的人,大家都哭了。可以说,这不是某种“做作”,因为即便是最聪明、最能干的做作也绝不会拿自己的生命当作“做作”的赌注。这种把救人当作天责、置自身安危于不顾的精神,“只要有一线希望、就要尽百倍努力”以及“不抛弃、不放弃”的救人精神,不仅体现了一种可敬可佩的民族责任意识,更彰显了何等崇高的道德境界!

在特大地震灾难发生以后,激动人心的一幕是解放军空降部队为了以最快速度到达中断交通的重灾乡镇,4500 名官兵写下遗书,冒着生命危险“盲降”灾区。为了救人,施救者不顾个人的安危,冒着余震的危险,从废墟中把生还者一个一个的救出来。作为第一支到达汶川灾区的武警某支队 200 名人民子弟兵,为尽快开辟“生命通道”,在摩托车无法通过时,弃车步行,他们手拉手趟着齐腰深的泥石流艰难前行，历经21小时，徒步强行军90多公里到达目的地，并立即展开搜救工作。在此期间，余震频频，摇摇欲坠的梁柱嘎嘎作响，他们在一座随时可能倒塌的大楼旁搜救，完全是“违章”作业。但为了孩子们的生命，他们别无选择——直面死神，子弟兵总是将援手伸到最前面。他们把生的希望留给别人，把死的威胁留给自己。而被救者在他们的精神的鼓舞下，更是以惊人的毅力生存下来，有的甚至不久之后又成了施救者。

这种勇敢顽强的民族精神也体现在像林浩这样的小英雄身上。林浩今年才9岁，是四川汶川映秀镇渔子溪小学的二年级学生，5·12地震发生后，林浩先是从废墟中逃了出来，后来他听到石板后面传来一个女同学的哭声，他就告诉她，别哭，我们一起唱歌吧，唱完后，女同学不哭了，最后，女同学也终于爬出来了。小林浩从废墟中救出了两名同学，因为救人，林浩头部被砸破，手臂严重拉伤，但他一点都不在乎，还镇定地说：“我背得动他们，我开始爬出来的时候，身上没有伤，后来爬进去背他们的时候才受伤的。”从小英雄林浩的镇定而坚毅的救人举动，投射出的正是中国人临大难而愈发坚强的勇气，这就是中国人的坚强。毫无疑问，在抗震救灾过程中，各种群体的人们显示了中华民族的大无畏的勇气，进一步弘扬了中华民族的这一民族精神。

在特大地震灾难发生后，党和政府对抗震救灾工作给予了坚强的领导，把“救人”放在所有工作的第一位，这既是重视生命、尊重生命，也充分体现了我党以人为本、执政为民的政治理念。面对灾情，党和国家领导人强调最多的是，“只要有一线希望，只要有一点生还可能，我们就要作出百倍努力”；面对失去亲人的孩子们，党和国家领导人的表态让人动容，“我们应该把你们照顾好”，“政府要管你们的生活，你们在这里就像在自己家里一样”，“这是一场灾难，你们幸存下来了，就要好好活下去”，“有什么困难，将来政府都要管”。这无不彰显着一种人民至上、生命至上的人文关怀。以人为本作为抗震救灾精神的核心，昭示着党的先进执政理念，闪耀着社会主义人道主义的光芒，再次生动地诠释的是马克思的人的最高价值观——“人的根本就是人本身”。

“一方有难，八方支援”，这句话在这次特大地震灾难发生后得到真实而生动的体现。中央以最快决策建立与灾区的对口支援机制，举国上下第一时间捐款捐物，许多大学生和市民排队献血而引起了交通拥堵，等等。可以说，只有社会主义制度才能动员全社会的力量以最快的速度抗震救灾、安定生活、恢复生产、重建家园。这不仅进一步展示了社会主义制度的伟大与优越，而且进一步增强了中华民族的凝聚力和向心力。

地震发生的当天，就有近 20000 名解放军和武警官兵已经到达灾区展开救援，24000 名官兵紧急空运到重灾区，10000 名官兵通过铁路向灾区进发。民政部紧急调运 5000 顶救灾帐篷，中国红十字会紧急调拨价值 78 万元的救灾物资，卫生部紧急组织 10 多支卫生救援队赶赴灾区，电信、电力、交通等部门都紧急启动应急预案，等等。这在通讯和交通中断、情况不明的情况下，如此之快速救援，堪称神速。而后数天，各路救灾队伍、志愿者、各种救灾物资以最快速度源源不断运往灾区，在都江堰聚源镇、德阳汉旺镇、汶川映秀镇等抗震救灾第一线，总共聚集了13万多名子弟兵、14万多名医疗卫生人员、数万名救援队员、20多万名志愿者，源源不断的救援物资以最快速度安置了灾民的生活和医疗需求等。国务院关于“实行一省帮一重灾县，几省帮一重灾市(州)，举全国之力，加快恢复重建”的要求，建立和完善了对口支援机制，重建速度迅速，大量中学生及时地在异地被安排读书，等等，这些充分体现了社会主义制度的无比优越性，也表明社会主义的集体主义精神在新的历史条件下不仅没有过时，而且能够绽放异彩。

在纪念中国共产党成立87周年之际，中共中央于2008年6月30日下午在中南海怀仁堂召开抗震救灾先进基层党组织和优秀共产党员代表座谈会。胡锦涛总书记出席座谈会并发表重要讲话。他强调，“万众一心、众志成城，不畏艰险、百折不挠，以人为本、尊重科学的伟大抗震救灾精神，是爱国主义、集体主义、社会主义精神的集中体现和新的发展，是我们党和军队光荣传统和优良作风的集中体现和新的发展，是中华民族精神在当代中国的集中体现和新的发展。我们要在全党全社会大力弘扬抗震救灾精神，为中国特色社会主义事业不断发展提供强大精神动力。”完全可以说，伟大抗震救灾精神就是社会主义核心价值体系的特殊而又最好的诠释。我们有理由相信，在党和政府的坚强领导下，在社会各界的支持和灾区群众的不懈努力下，在渗透着优秀传统文化精髓的社会主义核心价值观的引导和感召下，一个崭新的物质家园和精神家园必将会出现在四川震区的大地上，并将焕发出蓬勃的生机。

（本文写于2008年8月，资料主要来自《感动生命的100个瞬间》，光明日报出版社2008年5月出版；《中国汶川抗震救灾纪实》（续集），新华出版社2008年6月出版）

缘之为缘

也是一种机缘吧，我担任了中国伦理学会今世缘企业道德文化研究院院长，又由于研究院的今世缘集团背景和平台，我时常兴趣于“缘哲学”的思考。

缘是人与社会及其完美与幸福的不可或缺的基本要素。缺少良缘的人和社会意味着扭曲和悲惨。故，缘，无价，意义深刻。

中国传统文化中的“缘”，是一个内涵深刻且社会影响广泛的概念，也是意义非凡的道德哲学范畴。

缘是人际关系的一种存在形式，有缘是指发生了的人际关系，无缘是指没有形成一定的人际关系。有缘,其实是意味着人际关系形成的偶然性,否则没有必要强调有缘。然而,偶然中必有必然,缘之关系的出现或形成,一定有相关的因素在起着“结缘”的作用。所以缘是人际关系之偶然与必然的统一体。同时,缘也是人们期盼的一种生活方式,自古以来,人们把相互之间的认识、交友、结亲、合作、互助、携手前进等作为赞赏的交往态乃至生活态,并会深有感触地把这交往态、生活态称之为“缘份”、“有缘”。为此,进一步说,缘之人际关系的形成,其基本前提是信任、负责、合作、互惠等理性境界,否则,人际间就无缘成缘,更谈不上惜缘续缘。因此,缘之为缘在德。

“缘之基”在善德。缘就是人之缘,是人际结缘。结缘要有善德为前提,否则,缘及人之关系就不能生存,即使偶然相识或相聚,甚或保持了一定的关系,但是,与人交往缺乏善意和善行,甚至恶意在心,那也不可能结缘。假如两个恶人在一起,这不是结缘,是臭味相投,违背了善德之缘本质。就拿“人缘”来说,人缘指的是人之关系及其人脉,其实质是人品及其道德境界的反映。俗话说,做人做得好,人缘就好。也就是说,人品好,人们愿意与之交往,并愿意互相关心和帮助,这必然会积累众多的人脉关系。我们平常所说的人缘不好,指的就是人品不佳,人们不愿意与之交往。这样的人其实是没有人缘,而没有人缘就不成其为缘。因此,今世有缘,即今生有德。真可谓"缘、德相通;缘、德相拥"。

"缘之理"在伦理关系及其道德责任。从"缘之基"就可以推导出,缘之为缘或何以为缘是伦理关系及其道德责任。没有人与人之间的相遇、相交,就没有缘之社会现象。而相遇、相交后要成为真正的"有缘"并长久地存在,这客观内涵着一种道德责任。就拿"业缘"来说,业缘指的是经营单位的业务关系及其经营或合作的人脉资源。而要建立丰富的人脉资源,经营者、工作人员的经营或工作就应该讲德性、讲诚信、讲公平交易等等。业务红火意味着人们愿意与之交易,意味着人们对该企业有高的信任度;经营单位之间能保持正常业务往来,意味着经营单位相互之间存在着相当的信任度。假如没有道德经营意识,甚至失去诚信,那企业将会失去正常的人脉资源,“业缘”也将不复存在,这样的企业将会走向衰亡之路。再拿“血缘”来说,血缘指的是有血脉联系的亲属关系或称血亲关系,其中包括夫妻关系之姻缘。具有血缘关系的人际间有着人们公认的必须履行的行为准则,如我国古代的“父子有亲”、“夫妇有别”、“长幼有序”等内涵就是真正的血缘关系之道德要求。尽管我国封建社会的姻缘关系的形成往往是父母之约、媒妁之言,但是,完美的姻缘一定是“爱之体”,一定有着特定的夫妻规约或道德要求维系着。没有爱的夫妻关系实质是“死亡”了的姻缘关系,这样的姻缘实质是“虚缘”。为此,即使有着血亲关系,如果不承担一定的责任和义务,人们会把他作为大逆不道的“家贼”,在心理上“开除”他的血缘联系,所谓有的血亲关系被人们指责为“老子不像老子、儿子不像儿子、夫妻不像夫妻”,说的就是这个道理。

“缘之目标”在和谐共生。由以上“缘之基”

和“缘之理”必然推导出和谐共生的“缘之目标”。其实,缘之本质是讲求和谐共生。人的世界是各种各样的“大缘”和“小缘”按一定的逻辑关系组合成的一个社会有机整体,也就是说,人的世界即为“缘之体”,缘的世界。它客观上要求人们“按理性生活”(亚里士多德语),即按一定的道德规范生活,以其达到全社会的和谐共生。大到世界的国家与国家关系、地区与地区关系、民族与民族关系,即所谓的“国缘”、“地缘”、“民族缘”,小到人与人、单位与单位关系,即所谓“人缘”、“业缘”等等,其实是不可忽视乃至不可回避的人类“命运共同体”,是人类之“大缘”,要想使人类“命运共同体”之“大缘”合理存在、和谐发展,就应该在坚持“缘德“的基础上,实现真正的和谐共生。

有缘成为命运共同体,和谐共生是人和人类的最好愿景。这就需要坚持“风雨同舟、患难与共”,在任何艰难困苦的情况下,伸出援手,互帮互赢;需要坚持“包容性发展”,因为在命运共同体发展进程中会遇到各种各样的问题或摩擦，这就要求在“两弊相权取其轻，两利相权取其重”原则下，实现包容性共生和进步；需要在全社会坚持“自由”、“民主”、“公正”、“平等”、“诚信”、“友善”，唯此才能充分发挥共同体中每个成员的生存积极性，自由地发挥自己的个性，激发每个人的自主性、创新性、创造性，形成社会进步的强大动力；需要在国与国之间坚持“真诚友好、相互尊重、平等互利、共同发展”，“国家不分大小、强弱、贫富一律平等，秉持公道、伸张正义，反对以大欺小、以强凌弱、以富压贫”(《习近平谈治国理政》,2014)，真正实现人类和平发展，等等。

“缘之实现”在“惜缘”、“育缘”、“护缘”。缘，无处不在，无时不有。当然，我们日常说的有缘相聚见面、有缘合作共事、有缘结婚成家、有缘久别重逢、有缘生死相依等等，均说明偶然的机遇和条件，形成了一定的关系。当然，一定的关系的形成，也有必然的因素。因此，缘是偶然和必然相统一的“人际关系体”，即前面所说到的“命运共同体”。而和谐的人际关系和人类

“命运共同体”要和谐共生，必须“惜缘”、“育缘”、“护缘”，进而“结善缘”。佛教中的因果关系说强调的也是缘和行善，佛教认为，有因即有果，有因必有果，而因致果需要一定的缘即外缘，如果外缘不具备，“果报”不能形成。所谓的善有善报、恶有恶报说的即是这个道理，即善缘结集多了就会有善报，恶缘结集多了就必然会有恶报。其实，就“缘”一词来说，它是指顺着、遵循。所谓顺着，正如陶渊明《桃花源记》中说：“缘溪行，忘路之远近。”加以引申，即按照应有的路径前行，将一路畅通。所谓遵循，如《商君书》所说：“明王之治天下也，缘法而治，按功而赏。”加以引申，缘即是指行为依据一定规约和道德要求。（参见张永言等《简明古汉语辞典》，1986）这就说明，缘作为一定的人和人关系及其正常化，作为“命运共同体”的和谐与发展，需要培育人的缘之意识，需要依据和遵循一定的规约和道德要求，维护缘之存在和发展，否则，缘之为缘就不能正常存在，更不可能实现由“大缘”和“小缘”按一定的逻辑关系组合成的社会有机整体的“善缘”世界。

因此,“缘”从一个角度来说是指人和人际关系,包括国家关系、地区关系、民族关系等等,从另一个角度来说是指规约和道德要求及其正常和全面的履行。所以,缘与德性、德行同在,缘即德。

同步于时代的中国伦理学

中国当代伦理学学科是随着我国改革开放的步伐而不断发展与完善，并逐步成为哲学社会科学之林之显学的，尤其是近年来的发展态势更是令人鼓舞。首先，颇多理论建树，使得当今伦理学理论体系日臻完备。一是马克思主义伦理思想研究形成了新的平台，产生了崭新的研究成果。中央马克思主义理论研究和建设工程重大项目，“经典作家关于道德的基本观点研究”课题和《伦理学》教材编写以及学界关于马克思主义伦理思想研究、马克思恩格斯道德哲学研究等专题，促进了伦理学界一批学者集体攻关，其创新成果不仅推动了伦理学理论体系建设，而且进一步增强了伦理学学科的地位。二是不断涌现的新颖理论观点，要么弥补缺陷、要么填补空白、要么纠正错误地完善着伦理学的理论体系。诸如若干年来提出并论证的“环境伦理”、“生态伦理”、“政治伦理”、“行政伦理”、“公共伦理”、“民族伦理”、“经济伦理”、“网络伦理”、“底线伦理”、“美德伦理”、“发展伦理”、“人口伦理”、“道德生态”、“道德悖论”、“道德推理”、“道德资本”、“道德生产力”、“道德权利”、“道德自由”、“道德风险”、“道德能力”、“公正”、“正义”、“尊严”、“诚信”等范畴及其思想，让我国伦理学理论建设耳目一新。尽管有的观点不免有些偏颇，但是，在客观上促进了伦理学理论思维及其伦理学理论的调整与完善。三是中外伦理思想史研究的学术境界在提升，尤其是改革开放以来，一些伦理学学者的中外伦理思想研究，反对搬弄词汇、故弄玄虚，力避“炒冷饭”、“跟尾巴”式的研究，力求深究中华传统伦理道德思想之精华和外国伦理道德思想之合理成分，产生了公认的时标之作、传世之作，甚至有的著作一再修订改版，在国际国内产生了良好的学术影响。四是应用伦理学理论研究蹊径独辟，以独特的观点，为伦理学的社会认同作出了独到的不可替代的作用。诸如行政、政治伦理学中对新自由主义的批评和政务诚信、公正、正义的现代诠释，经济伦理学的道德资本、道德生产力和道德经营等概念的提出，生态伦理学的伦理生态、道德生态的论证，网络（信息）伦理学的对“鼠标道德”、虚拟关系伦理、网络道德准则等理念的关注，等等，不仅促进了应用伦理学理论和实践的发展，而且为经济社会的理性发展提供了难得的决策依据。

同时，伦理道德建设与实践有被动适应社会走向主动引领生活。实事求是地说，我国伦理学学科在初创乃至发展过程中的好长一段时间里，由于自身的基本理念和理论体系的不成熟，对于许多重大的或突发的社会现象往往是疲于应付，使得学科对解释社会现象的能力也显得有限，以至于对抗击“非典”、汶川抗震救灾、食品问题等等的道德反思、道德渗透与道德引导，基本上处于“慢一拍”甚至失语状态，这更谈不上以特殊的学科能力引领经济社会的建设和发展。随后，随着伦理学界同仁的惊醒与努力，学科发展在努力适应经济社会发展的同时，也在努力为经济社会的发展有所作为和贡献。例如，如何让人们在看似世风日下、人心不古、坑蒙拐骗、腐化堕落的社会，不让一叶障目不见森林，看到道德的进步和社会的发展，学界有数篇文章，以学科特有的视角，从人的主体性的加强、人际关系的协调重要性认识的提高、道德榜样号召力的增强、道德力的被重视等等，论述随着改革开放的发展，道德也在不断进步，让人们认识了分析问题的应有方法，看到了社会道德的进步与希望。又如，每次社会重大问题或事件的出现，人们往往无所适从，怪罪指向混乱，其实，最根本的原因是科学制度建设的滞后，是道德制度化或制度道德化程度不高。对此，学界相关研究文章的发表，既引导了人们对社会重大问题或事件的正确认识，也提醒人们尤其是决策者、领导者要注意道德及其规范在制订科学制度中的基础和核心作用。再如,社会的发展不能忽视弱势群体的利益诉求和愿景,这是建设和谐社会、凝聚经济社会建设力量的重要前提条件之一,可以说,伦理学学科多视角的分析和论证,为领导决策和社会治理能力的提升上提供了重要的学科理论依据。事实上,近年来,全国道德模范的评比、各地道德讲堂的开设,以及志愿者活动的广泛展开,等等,也将道德建设活动置于引领经济社会建设的实践平台上面。

上述研究成果说明,中国伦理学学科强有力的发声,不断宣示着学科的进步和道德力量的增强,客观上强化了伦理学学科的声望和地位,增强了伦理学学科的生命力。同时也告示着经济社会的快速发展,不能忽视伦理学学科的作用。

当然,与时代同步的伦理学,也是在不断调整中进步,在不断克服自身的缺陷中发展。当今,不得不注意阻碍伦理学学科发展的一些学科弊病。一是空谈理论,不接地气。学界有那么一种现象，即乐于把简单的问题复杂化，将好端端的一个概念或命题，硬是绕来绕去，绕个谁也不知所云，甚至变着法子把本已清晰的词汇和命题晦涩到画蛇添足的地步，以至于现实问题及其解决方案，从来不在其研究理路之中，似乎这就是学术。其实，没有社会依据或根基的所谓学术，再深奥的语言也无济于事，也只能是在制造文字垃圾。二是伦理学学科的本质指向模糊甚至错误。伦理学学科的生命力及其本质指向应该是在于人的完善和人际关系的和谐，即伦理学学科就是教导人做人、引导人际和谐的应用性学科，而“教导”和“引导”的一个重要环节是建构系统的行为规范体系，让人们言有依据，行有规则。现在的问题是，规范的研讨和建构成了伦理学学科发展的“短板”，如果这“短板”效应长期下去，人们将怀疑伦理学学科的存在理由。三是理论研究不接地气。伦理学的研究和发展理应解释或解决现实道德问题，但现在的问题是要么玄而又玄、不着边际地谈论所谓的理论问题，要么面对现实道德问题，曲解缘由，错判本质，误导社会，产生了违背学术伦理的所谓伦理学研究，等等。这些伦理学学术弊端的存在，客观上将影响中国伦理学的时代步伐，这应该引起学界认真的关注。

中国伦理学只有坚持“顶天立地”的学术战略思想，真正体现中国话语、中国风格、中国特色、中国气派，才能真正成为中国哲学社会科学之林之显学。

（原载《中国社会科学报》2014 年 6 月 30 日）

走进经典才能真正读懂马克思

世界上研究马克思的学者可以说不计其数，有的是从坚持马克思主义视角下研究马克思，有的是从反对马克思主义立场上研究马克思，还有的是从修正马克思主义态度中研究马克思，等等。不管对马克思主义持何种态度，其实这都说明马克思及其思想是伟大的，假如马克思的思想没有理论魅力或没有生命力，不仅没有研究的价值，更没有研究的前提。恰恰是长期以来，全球思想和理论界都在围绕马克思主义而展开不间断的研究，且理论论争始终十分激烈。这也正说明马克思思想的博大精深。然而现在的问题是有的学者以“冷战式”意识形态思维，要么片面注解，要么断章取义，甚至有的学者根本没有去认真读一读马克思的原著就发表所谓的马克思的相关理论的“缺场”。近年来，我有幸作为中央马克思主义理论研究和建设工程重大项目的首席专家，开展对经典作家原著的道德观的研读工作，我深感只有走进经典，真正读懂马克思，才能弄清学界有的人对马克思主义相关理论的误读。其中一些问题让我记忆深刻：

马克思有没有哲学思维？有人认为，马克思没有哲学思维，甚至认为马克思主义哲学不是哲学。更有甚者，有人明确强调，不谈宗教，哪来哲学。其实，除非对“哲学本体”有非哲学的理解或异质的思维定势，那马克思有没有哲学思维是一个十分简单的问题，说简单是在于读一读马克思的《资本论》等原著，就应该不会怀疑马克思的抽象与具体、一般与个别、普遍与特殊、逻辑与历史统一等等的辩证法思维，同时也就应该不会怀疑马克思的历史唯物主义中关于社会存在与社会意识关系等辩证法思想，否则，说明怀疑者没有阅读原著，或缺乏基本的哲学素养和马克思主义知识谱系。老实说，真正懂哲学的人是不会怀疑马克思的哲学思维的。

马克思有没有人学思维？长期以来总是有人认为马克思没有人学思维，提出所谓马克思的“人学空场”。只要认真读过马克思的原著且不具偏见，谁都不会信口开河地说马克思的思想理论中不讲人、不见人。如果说，马克思的思想理论有“人学空场”这块“短板”，那马克思的著作就不会在全世界产生这么大的影响，以至于马克思的论敌或相关理论思潮的代表人物也不得不承认马克思的伟大和获得的荣誉是在于赢得了无产阶级和广大劳动大众的认同和爱戴。然而，无产阶级和广大劳动大众不是没有思想的芦苇，他们不可能信仰所谓“冷冰”待人甚至忽视人的思想理论。事实上，马克思的思想理论说到底是人类解放的思想理论，这是不容置疑的，谁能说马克思的社会理想是要建立一个获得了真正自由的一切自由人的联合体是“见物不见人”？近年研究马克思的原著，我们发现,在马克思看来,惟有无产阶级革命所带来的"社会解放",才能真正把"人的世界即各种关系回归于人自身",我们把这一思想理论称之为社会主义和共产主义道德最好注解,因为,理性或科学意义上的道德的本质指向是人的完善和人际关系的和谐,马克思的真正把"人的世界即各种关系回归于人自身"的思想理论,恰好与之吻合。所谓把"人的世界"回归于人自身指的就是在共产主义社会中,"个人的独创和自由的发展不再是一句空话";"与人相称的地位",即"每个人都能自由地发展他的人的本性",过着"能满足一切生活条件和生活需要的真正的人的生活";劳动已经不仅仅是谋生的手段,而且成了生活的第一需要。同时,从某种意义上说,回归人的世界就是回归人的关系,因为人的世界是由人、人的关系组成的,"人的本质是人的真正的社会联系"。因此,把"人的世界回归于人自身"就意味着把"各种关系回归于人自身"。至此,社会"将是一个以各个人自由发展为一切人自由发展的条件的联合体"。这是多么美妙和完备的道德和人学理论本质啊！

马克思有没有道德或伦理学思维？我在20世纪80年代初刚接触到伦理学的时候就已经听到和看到这样的论调。用现在的伦理学理论或学科体系在形式上去对照马克思的原著，并认为马克思没有写过伦理学文章或著作，因此马克思没有道德或伦理学思维，这是十分浅薄的学术思路。事实上，且不说马克思关于把“人的世界即各种关系回归于人自身”的命题，足以说明马克思的深刻的伦理学思维，仅读一读《资本论》就可以发现，马克思思想理论的道德分析法。马克思的辩证分析法始终是与道德分析法密切地联系在一起的。道德分析法即主体性与价值关系分析法。道德分析法堪称马克思的经典分析法。马克思在《资本论》中的研究视角和基本切入点始终是经济现象中的人和人际关系。正如恩格斯所说：“经济学所研究的不是物，而是人和人之间的关系，归根到底是阶级与阶级之间的关系”，同时指出，“这个或那个经济学家在个别场合也曾觉察到这种关系，而马克思第一次揭示出它对于整个经济学的意义，从而使最难的问题变得如此简单明了，甚至资产阶级经济学家现在也能理解了。”因此，如果就经济谈经济，看不到资本主义条件下人和人际关系的特殊本质，就无法揭示资本主义经济的本质及其规律，就不可能产生科学的政治经济学理论。马克思在《资本论》中首先是从分析资本主义社会的财富的元素形式即商品开始，进而展开了庞大的政治经济学理论体系的构架。然而在这一科学理论体系创造的艰难过程中，马克思自始至终把握住了资本主义条件下经济主体和经济关系的本质，始终是在应该不应该的视角下研究资本主义经济，并由此克服了资产阶级经济学家尤其是庸俗经济学理论的见物不见人的原则性或根本性错误。这一典型的道德分析视角，说明没有对资本主义制度下经济主体的本质的充分认识，也就不可能揭示资产阶级和工人阶级的对立关系的本质，也就不可能弄清楚劳动者的劳动成果怎么成为了异己的力量。正因为《资本论》所研究的不是物，而是人和人之间的关系，尤其是资产阶级和工人阶级之间的关系，才有可能发现剩余价值理论，也才有可能使面对资本主义的政治经济学成为科学。

（原以题为“研读原著，才能‘去伪存真’”载《光明日报》2014年2月24日）

道德箴言

我长期从事伦理学教学与研究工作，以下是我在各类讲稿和发表的学术研究成果中拾取的人立身处世之道德箴言，与读者共勉。

道德之美乃人间最美之美。

厚道得人缘，真诚聚人气。

求名趋利，境界高尚尽到努力不后悔，心平气和顺其自然不伤神。

善德，立身之基，处世之本，为事之典。

多一个善良朋友，多一份人生资源。

聪明之人即为读书越多越觉浅薄的人、知识越多越是谦虚的人、能力越强越会低调的人。

人生低调就像叩首爬山有利向上，人生高

调犹如昂首下山极易滑落。

以诚待人之人生一定会是顺畅的人生，快乐的人生。

尊重能化解一切猜疑，真诚能获得无限信任。

换位思考才能真正理解人、体谅人，也才能实现自身的情绪稳定、心理平衡。

换位思考才能处好事，将心比心才能处好人。

学习、研究、工作，日有所进，必成大器。

主动的人生理应三十而不惑。

人生至高境界即努力“把人的世界即各种关系回归于人自身”（马克思语）。

人之为人在德，德之为德在人。

德行无小节，小节喻德性。

人与责任同在，不担责任，人将不人。

奉献社会意味着也在提升和完善自己。

自尊、自信、自强；理解、信任、互助，乃立身处世法宝。

热衷于无谓争斗的人，肯定当不了该当的

好官、赚不了该赚的大钱、做不了该做的真学问。

竞争，重在自我奋进、取长补短。

人生的“对手”和“异己力量”的存在也是财富，它可以帮助人警觉自己的一言一行，及时纠正自己言行的偏差。

健康平安、行善积德、勤奋成就、民富国强乃幸福之根。

人在宇宙面前非常非常渺小，但人又很伟大，因为人深知自己的渺小和宇宙之浩瀚；人生在宇宙的长河中十分十分短暂，但人生又会永恒，因为人创造的物质和精神财富将永垂青史。

思想史是由真正的思想者及其创新思维和创新理念铺就的。

道德与资本并非风牛马不相及，其实，道德也是资本。

道德力乃天下第一力。

道德也是生产力。

道德乃安身立命之本。

真正学者的责任是将复杂的问题简单化、

抽象的理论浅显化、科学的思想践行化。

读书使人高雅,探究使人高贵。

读书使人进步,行善使人完美。

读书,读知内容是学之基,读懂方法是学之本,读出新思是学之范。

读书也是思想交流,只不过是与把思想已经和盘托出的作者交流,故思想火花往往从读书中来。

读懂书本,读懂社会,才能真正读懂自己。

读书、修炼以养德;敬仁、行善以积德。

真正的学术成就和学术水平是要经历漫长的文化沉淀和社会历史检验才能凸显出来。

人生遇到问题或挫折,不要悲伤,不要愤怒,不要气馁,更不要放弃生的希望,时间会冲淡一切,努力会改变人生,坚持一下,生活总会归于平和,说不定,柳暗花明,更加美好前景在招手。

人生没有计划,犹如登楼没有阶梯;人生没有目标,犹如十字路口迷路。

人生需要有计划、有目标,有计划地朝着目

标前行，日有所进，必有成就。

在人际利益交往中，礼貌是介绍信，友善是桥梁，诚信是纽带，双赢是动力。

消除人生对立面的最好办法是尽最大努力与之交上朋友、听取意见、改进不足。

习惯于算计人的人，最终必然会跌入众叛亲离、不能自拔的“算计陷阱”。

世上最无知的是不知无知，最无能的是不知无能，最无耻的是不知无耻。

他人是认识自己的镜子。

智者深知谦虚谨慎之奥，高傲自大与弱智无异。

阳光个性坦然自在，阴暗人格诡异自郁。

人生各有亮点和精彩之点，因此，不希望别人过得比自己好的人，其实是永远在没有比别人过得好的心态中生存，这无异于精神自虐。

当面是人，背后做鬼；台上握手，桌下踢脚；明装君子，暗当小人，与禽兽无异。

忘恩负义失良知者，令人不齿。

对他人遭遇不可抗拒的灾难尤其是死亡之

幸灾乐祸的人，是无耻和无知之举动。说无耻是因为没有最起码的作为人的怜悯心，说无知是因为也许他自己也会遇上不可抗拒的灾难，且死亡也是迟早的事。

过河拆桥者并不能保证自己拆桥时不掉进河里。

人要积德。德者寿，德者乐；德者生的伟大、死的光荣。

善于投机专营者，坏了口碑，虽“荣”犹败。

精于用尽心机坑人，必定身败名裂害己。

精明过度且精于算计人的人，最终一定是可怜的孤独者。

尊师尊长尊老尊妇尊幼也即自尊，辱师辱长辱老辱妇辱幼也即自辱。

把低调、让步、谦虚的人当傻瓜，其本身就是傻瓜，因为被当傻瓜之人之睿智一定能笑看把人当傻瓜的人的愚蠢品性。

自负乃自虐式自恋。自负现象说明，旁人压根儿没有把自负者当回事，否则，何须自负。故，自负者，伤身，当戒！

人的高尚的德性在于对“至善”的追求和对“善小”的坚持。

行善，积德，增寿；作恶，缺德，伤身。

人生最大的悲哀莫过于自我感觉甚好却口碑极差；自命不凡、狂妄自大却没有人把他当回事。

敬畏之心乃安身立命之根。

敬畏道德犹如敬畏生命。

敬畏道德才有人生的完美、人际的和谐、人类的幸福。

导师即为人梯，不希望甚至害怕弟子超越自己的导师不是好导师。

孝敬父母有瑕疵的人，难以真正仁爱于他人和社会。

爱国乃天经地义，护国应恪尽职守。

冷静，头脑清醒免失误；冲动，思维模糊遭麻烦。

立足当下才能着眼未来；抓住今天才能赢得明天。

人要靠自己立身，就是社会和他人的帮助

也会受到自身的品性及其言行的影响。

德性和气质决定人的形象，无法仿冒，无法假装。

不懂礼貌，自毁形象；不守规矩，自遭麻烦。

信誉比生命重要。

世上最大的浪费莫过于浪费时间和空间。

抓住时间就意味着抓住应该抓住的人生目标。

未来社会生存和发展的核心资源是道德，不懂或不讲道德将寸步难行。

未来世界是逐步走向真正伦理的世界，伦理与发展同行，伦理与幸福同在。

图书在版编目(CIP)数据

德与美/王小锡著. —上海:上海三联书店,2017.4
ISBN 978-7-5426-5868-5

Ⅰ.①德… Ⅱ.①王… Ⅲ.①散文集-中国-当代
Ⅳ.①I267

中国版本图书馆CIP数据核字(2017)第048311号

德与美

著　　者/王小锡

责任编辑/杜　鹃
装帧设计/汪要军
监　　制/李　敏
责任校对/张大伟

出版发行/上海三联书店
(201199)中国上海市都市路4855号2座10楼
邮购电话/021-22895557
印　　刷/上海叶大印务发展有限公司

版　　次/2017年4月第1版
印　　次/2017年4月第1次印刷
开　　本/640×960　1/16
字　　数/150千字
印　　张/21
书　　号/ISBN 978-7-5426-5868-5/Ⅰ·1232
定　　价/59.00元

敬启读者,如发现本书有印装质量问题,请与印刷厂联系021-66019858